ロイド
サルーム王国の第七王子。魔術バカ。
ん、いつ見ても
可愛らしい寝顔だなぁ」
今年七歳になったばかりの弟が可愛くて仕方ないといった様子だ。
アルベルト
サルーム王国の第二王子。弟を溺愛している。

有栖川棗《ありすがわなつめ》
転移してきたアルベルトたちの面倒を見てくれた少女。
「ここのたい焼き、めちゃ美味しいんだよねー。二人もホラ、遠慮せず」
パクパクと食べ始めるナツメ。二人はたい焼きを手にしてまじまじと見つめる。

「（……ふむ、どうやら魚の形を模した
焼き菓子のようだが……）」
「（すごく甘そうな
匂いがします！）」
!
「（っ!?
これは……！）」
その味にアルベルトは
目を見開く。

「ふっ、素晴らしいでしょう」
100000000%
99999999G
まがぁぽけ
8:10

アルベルトの部屋を訪れた
ナツメが目にしたのは、
やたら禍々しいスマホであった。
いや、見た目自体は普通のスマホなのだ。
しかし電波が十本近く立っており、
回線は999999G、
バッテリーも10000000%と
表示されている。
更に一つだけ入れられている
「まがぁぽけ」なる変なウサギが
アイコンのアプリが異彩を放っている。
「いやいやいやいやいや、おかしいから」
とはいえ、理屈はともかく使えることは
事実だし、アルベルト自身も喜んでいるのだ。
自分がとやかく言うのもおかしいか。
そうナツメが考えていると、スマホを持つ
アルベルトの肩に何か蠢くものが見えた。
——例のアプリのアイコンに描かれている
謎のウサギだ。
ウサギは虚な顔でナツメをじっと見つめていた。
!?
「きゃあああああっ!?」

「と、虎ぁっ!? なんで虎が こんな所に いるのよっ!?」

思わず声を上げるナツメ。

「動物園、あるいはサーカスから 逃げ出したとか?」

「理由とかこの際なんでもいいわよっ! そそそ、それよりどうしよう……」

後ずさるナツメたちに、虎はじりじりと歩み寄る。

「……二人とも、僕を置いて逃げるんだ」
「アルベルト……でもっ！」
「大丈夫、ですよ」

Gendai teni no
daini ouji.

現代転移の第二王子

author
謙虚なサークル
illust. メル。

現代転移の第二王子

謙虚なサークル

講談社ラノベ文庫

口絵・本文イラスト／メル。
デザイン／ＡＦＴＥＲＧＬＯＷ

大陸に存在するサルーム王国。その城内執務室にて、一人の青年が大きな机に座り羽根ペンを走らせていた。

気品溢《あふ》れる顔立ち、涼し気な目元に青い瞳。女性のように艶《つや》やかで美しい金色の髪。

青年の名はアルベルト＝ディ＝サルーム。サルーム王国の第二王子で、王位継承第一候補と噂《うわさ》されている人物である。

顔良し、頭良し、性格良しという隙の無さで、城内外問わず道を歩けば女性の黄色い声が聞こえる程の色男ぶりはまさに誰もが認める『王子』であった。

「——ふぅ」

アルベルトは一息吐《つ》いて、大きく伸びをする。

左右に腕を曲げて、ポキポキと関節を鳴らした後、部屋の隅で椅子に座る黒髪の少年に視線を向けた。

少年はサルーム王国第七王子ロイド＝ディ＝サルーム。アルベルトの弟である。

ロイドは第七王子ということで王位継承権もなく、日々好きな魔術の勉強に励んでいる。

凄まじい魔術の才を持ちながらもそれに甘んじることなく勤勉な姿勢から、アルベルトはロイドを高く評価していた。

この子はいつか、途方もない魔術師になるだろう。そして自分の、ひいては国の力になるはず。

その為には王子としての勉強よりも好きなことをやらせた方がいい。

元々サルーム王室では王子、王女たちに各々の自主性を伸ばすよう教育している。

そのおかげで皆、様々な方面で才能を発揮しているが、ロイドの才は他の子を遥《はる》かに超える。

そう確信したアルベルトはロイドに特に目をかけているのだ。

しかしやはりまだ子供である。難しい本を読んで疲れたのだろう。

本を持ったまますぅすぅと寝息を立てているロイドの寝顔をしばらく見つめた後、アルベルトは目元を緩めた。

先刻までの凜々《りり》しさはどこへやらと言わんばかりのニヤケ顔である。

「うーん、いつ見ても可愛らしい寝顔だなぁ」

今年七歳になったばかりの弟が可愛くて仕方ないといった様子だ。

政務が終わったら一緒に遊ぼうと思っていたが、こうなっては仕方ないだろう。

ゆっくり寝かせてあげるか。そう思ったアルベルトは立ち上がり、仮眠用ベッドに掛けていた毛布を手に取る。

「どれ、そんなところで寝ていたら風邪を引いて――」

「■」

その時、ロイドがごにょりと呟《つぶや》く。上手く聞き取れなかったが、何か大量の情報が詰まったような言葉だった。

と、同時に二人の周囲が突然闇に包まれる。

「くっ……⁉」

脱出を図ろうとするアルベルトだったが、凄まじいまでの魔力の奔流に身動き一つ取れない。

サルーム屈指の魔術師であるアルベルトですら抵抗出来ない程の魔力圧だ。

「ぐぅ……っ。い、一体何が起こって……ロイドっ!」

咄嗟《とっさ》に魔力を纏《まと》い、身を挺《てい》して守るようにロイドに覆いかぶさる。

ロイドはそれに気づくこともなく、静かに寝息を立てていた。

「ロイド、だけは……せめて……！」

苦悶《くもん》の声を上げるアルベルト。その視界が黒く染まっていく。

何かがぶつかるような音と衝撃が連続して響き渡る。

そして——アルベルトは意識を失った。

◇

「う……っ？」

目を覚ましたアルベルトを包むのは夜の闇。生臭い臭《にお》いと汚れた壁、向こうに見える明るい光ですぐにここが路地裏だと気づく。

光の方へ目を向けるとそこは、夜にも拘《かかわ》らず眩《まぶ》しい世界だった。

奇妙な文字の流れる光る文字板、信じられないほど平らに舗装された道、高く聳《そび》える建物、そこを行く人々もまた見たことのない格好をしている。

「何だ一体……ここは……？」

先刻まで執務室にいたはずだが、気づけば全く見知らぬ場所にいる。

サルーム王国、いや大陸のどこでもこんな文化、国は見たことがない。

何より奇妙なのが、本来ならそこら中に満ちているはずの魔力を感じないことだ。

サルームの大地には魔力が満ちており、魔術の素養がある者ならば、ただそこにいるだけでその影響が感じられるのだ。

にも拘らずいまは僅かな魔力も感じていない。こんな事態は初めてであった。

魔術とは魔力を操り様々な現象を生み出す技術。

行使の際には術者本人の魔力が必要なわけだが、使った魔力の回復には大地の魔力が必要不可欠である。

つまりはいまは魔術が使えない。その上この理外の建築物……ここは一体どういう場所なのだろうか。

面食らっていたアルベルトの胸元で、ようやくロイドが目を覚ます。

「あれ……アルベルト兄さん……？」

「目を覚ましたかロイド。……どうやら僕たちはいつの間にかよくわからない場所へ飛ばされたらしい。恐らく何者かの魔術によるものだろう。改革強硬派、あるいは敵国の仕業か……参ったよ、対処する暇が全くなかった。相当の魔術師の仕業だな。ここがどこかも、どうやって飛ばされたのかすらわからなかったよ……」

呟くアルベルトを見てロイドはハッと何かに気づいた顔になる。

そして何やら考え込んだ後、だらだらと冷や汗を流し始めた。

「はは、そうですね……いったいなにがおこったのでしょうか……いやー、まいりましたねー。はは、ははは……」

乾いた笑いを浮かべるロイドを見て、アルベルトは気づく。

――ロイドのこの顔、何かを誤魔化そうとしている顔だ。

そういえば転移の瞬間に呟いていた言葉、あれは呪文のようではなかっただろうか――と。

「呪文、それも最高位の魔術師のみが扱える呪文束《じゅもんたば》と少し似ていたような……はっ！　まさかロイドが空間転移を使って僕たちをここへ移動させたとか？」

――異世界転移、そんな単語が頭を掠《かす》める。

空間転移に様々な条件が重なった時、元の世界とは全く異なる世界へ移動することをそう呼ぶと、古い文献に書かれていたのを思い出した。

魔術の中でも最難度の空間系統魔術の基本的な考え方として、自分たちが知る世界とは別の、全く異なる世界が存在するというのは知っていたが……まさか本当に世界をも跨《また》ぐ転移だというのだろうか。

見たことない文化、技術、そして魔力すら存在しない世界……異世界と信じざるを得なかった。

「……まさかロイドの魔術により異世界へと転移？　確かにロイドの魔術師としての才能は凄まじい。そんなことが出来ても不思議ではないが……」

ブツブツ言いながらロイドをじっと見つめるアルベルト。

ロイドは更に脂汗を浮かべ、ひゅーひゅーと下手な口笛を吹いている。

何かを誤魔化そうとしている。

そう感じたアルベルトが視線を強めると、ロイドは顔ごと目を逸らす。そうすることしばし――

「ま、いくらなんでもそんなはずがないよな」

アルベルトは馬鹿馬鹿しい、と言わんばかりに頭を振って自嘲する。

如何《いか》にロイドの才能を以《もっ》てしてもこの年齢で呪文束、ましてや伝説級の魔術である空間転移、更に異世界への転移だなんて、不可能にも程があるだろう。

そんな勘違いをするとは我ながら兄バカにも程があるな。そう考えながらやれやれと首を振るアルベルト。それを見てロイドは安堵《あんど》したように息を吐いた。

今の挙動不審、ロイドも不安なのだろう。当然だ。

いくら才能があってもこの子はまだ七歳。全く見知らぬ場所で兄と二人きりだなんて、不安にならない方がおかしいだろう。

そうだ。自分は兄なのだ。弟に不安な顔は見せられない。

普段の笑顔を作って屈《かが》み込《こ》むと、ロイドの頭を撫《な》でた。

「ロイド、お前は何も心配することはないぞ。僕が全部上手くやるから」

「アルベルト兄さん……」

——そう、どんな手を使ってもロイドと一緒に元居た世界へ帰る。

ロイドには何一つ不自由をさせやしない。

衣食住は当然として、好きな読書だって何の制限もなく楽しませてみせる。

不幸な転移を価値ある経験に変えてやる。それこそが兄として自分のやるべきことなのだ。

アルベルトが決意を固めた、その時である。

「ねーねーおにーさん。こんな路地裏で何してんの？　その恰好《かっこう》ってコスプレ？」

声をかけてきたのは路地裏を覗《のぞ》き込む一人の少女だった。

年齢は……かなり若く見えるが恐らく18前後。明るい茶色の髪を左右で結び、帽子を被っている。

イヤリングにチョーカーと素朴ながらセンスの感じられる装飾品を身に着け、ややタイトなスカートを穿《は》いていた。

道行く人たちと同じように自分たちとは全く違う格好だ。この国での一般的な服装なのだろうか。そんなことを考えながらも少女に言葉を返す。

「(えぇっと、すみません僕たちは迷い人でして、良ければここがどこか教えていただけますか？)」

「へ？　なんて？」

アルベルトの言葉に少女は首を傾《かし》げる。

どうやら言葉が通じていないようだ。

少女が返してきた言葉は、大陸にある多数の言語もある程度操れるアルベルトですら知らない言葉。

やはりここはサルーム……いや、そもそも大陸ですらないのかもしれない。

沈む気持ちを抑えながら少女に問いかける。

「(僕はアルベルト、こちらはロイド、……僕の言ってること、わかりませんか？)」

「うーん……外人さんかぁ。ゴメンね、言ってることわからないっ！」

身振り手振りをしながら説明するアルベルト。

しかし少女はしばし考え込んだ後、パチンと両手を合わせ、頭を下げる。

「あ、でもね。アンタの名前がアルベルトで、そっちの子がロイドっていうのはわかったかも。でしょ？」

「(！　そうです。素晴らしい)」

頷《うなず》くアルベルトを見て少女はやたっ、と小さくガッツポーズをする。

「アタシは有栖川棗《ありすがわなつめ》。よろしく」

「ナツメ……アリスガワ……？」

たどたどしく言葉を返すと、ナツメと名乗った少女はニカッと笑う。

「ふふっ、ナツメでいいよ。てかどこから来たの？　アメリカ？　ヨーロッパ？」

「（出身国……サルームという国ですが、ご存じですか？）」

「サルーム？　うーん、聞いたことない所ねー。日本へは留学で？　それとも仕事？」

「（何をしに……と聞きたいんですかね。残念ながら僕自身もよくわかりません。気づいたらここへ）」


身振り手振りのナツメから会話の内容を察し、返答を重ねていくアルベルト。

大陸には言葉の通じない民族も多数いる。

アルベルトはそんな者たちと交渉する機会もあり、その経験が生きた。

ナツメもそれが面白いのか、どんどん話しかけてくる。

二人の会話が盛り上がっていた、その時である。


「ぐぅぅぅぅ――――」


という音が鳴り響く。振り向くとロイドが腹を押さえていた。

そういえば朝食を食べてそれっきりなのを思い出す。アルベルトもまた空腹を感じていた。

　それを見てナツメはぷっと噴き出す。

「あはは、もしかしてお腹空いちゃった？　ごめんね話し込んじゃって。そーだ、お詫《わ》びと言っちゃなんだけど……ちょっと待ってて！」

　ナツメは雑踏に駆け出したかと思うと、直ぐに戻ってくる。

　その胸元にはホカホカのたい焼きが三つが抱えられていた。そのうち二つをアルベルトに差し出す。

「これ食べなよ。たい焼き」

「タイヤ、キ……？」

「うん、おいしーよ」

　ナツメは自分の分を一口、食べる。

　んー、と歓喜に満ちた声を上げ、身体を小刻みに震わせた。

「ここのたい焼き、めちゃ美味《おい》しいんだよねー。二人もホラ、遠慮せず」

　パクパクと食べ始めるナツメ。二人は手にしたたい焼きをまじまじと見つめる。

「（……ふむ、どうやら魚の形を模した焼き菓子のようだが……）」

「（すごく甘そうな匂いがします！）」

目を輝かせるロイド。二人は同時に一口食べる。

「（っ⁉　これは……！）」

その味にアルベルトは目を見開く。

「（薄くカリッとした皮が噛《か》むたびにサクサクとした食感を残し、溶けるように消えていく！　しかも中身の黒い練り物、上品な甘さと風味が舌をとろけさせるようだ！　サクサクトロトロのハーモニー、とてもこの世のものとは思えぬ美味しさだ！　なぁロイド？）」

アルベルトが振り向くと、ロイドは今にも天に召されそうな安らかな顔をしていた。

そして既にたい焼きはロイドの手からは消えていた。渡されて僅か1秒後のことであった。

「（こらこらロイド、そんな一口で食べてしまうんじゃないよ。まぁそれだけ美味しいのは確かだけれどね。……ほら、足りないなら僕の分を上げよう）」

「(いいんですかっ⁉)」

「(あぁ、今度はゆっくりお食べ)」

そう言って自分の分を手渡す。

ロイドは今度は一気に食べたい気持ちを抑え、一口一口ゆっくりと味わうように食べている。

そんな二人の微笑ましい姿を見て目を細めているナツメ。優しいのだな、とアルベルトは思う。

たい焼きを食べ終えたアルベルトは頭を下げる。

「(ナツメ殿、こんな美味しいものをありがとう。礼をしたいが生憎《あいにく》この国の貨幣は持っていなくて。せめてこれを受け取って欲しい)」

アルベルトが服のボタンを取り、ナツメに握らせる。

それは素人目にもわかる高価そうな、煌《きら》びやかな宝石だった。

「ちょ……こんなの受け取れないって！　どう見ても高いヤツじゃん！」

「(気にしないで欲しい。これは色々教えて貰《もら》ったお礼も含めたもの、何もしなければサルーム王族としての誇りに関わる話です。どうか――)」

突き返そうとする宝石を、アルベルトは無理やりに握らせる。

その真摯な目と手の温かさにナツメは思わず頬を赤らめた。

「(この国の方々から見れば僕たちは相当に怪しく見えたはず。にも拘らず話しかけてくれて、こんなに親切にしてくれるなんて、あなたは本当に優しい人だ。そんなあなたの時間をこれ以上奪うのは恐縮です。あとは自分たちでどうにかします。本当にお世話になりました。では――)」

見惚《みと》れる程のお辞儀《ボウ・アンド・スクレープ》をして少女に背を向けるアルベルト。

ロイドの手を取り、路地裏の奥へと消えていく。

「あ――」

僅かに声が聞こえたが、アルベルトはそのまま歩く。

何もない路地裏へ、止まることなく。

「待って」

今度は明確な呼びかけだった。

アルベルトが振り向くと、ナツメはため息を吐いた。

「はぁ、もう……アンタたち、行くとこないんでしょ？　言葉もわからないみたいだしさ。ちょっとの間ならウチに居てもいいよ。……ったく、こんな高価そうな宝石押し付けられて、このまま放っておけないっての」

アルベルトは困惑した顔をナツメに向ける。

「（もしや僕たちをまだ世話をしてくれると……？　しかしこれ以上面倒をかけるわけには……）」

「何言ってるのかわからないっ！　ほら、いこっ！」

ナツメはそんなアルベルトとロイドの手を摑《つか》み、雑踏へと足を踏み出した。

ナツメに連れられ、街中を歩くアルベルトは安堵していた。

ともあれどうにか寄《よ》る辺《べ》なく見知らぬ世界を彷徨《さまよ》う事態は避けられたからだ。

しかしそれと共に、もう一つの感情が頭をよぎる――

「ああああああっ！　僕は何ということをっ！」

突如、頭を抱えるアルベルト。

「そりゃあこんなよくわからない場所で頼れる者がいなければ、すぐに困窮してしまうのは間違いないだろう。だからと言って憐憫《れんびん》を誘うような真似《まね》をして、見知らぬ女子に世話を焼かせるよう仕向けるだなんて……これじゃあまるでヒモ男じゃあないか！　ええいサルーム第二王子ともあろう者が、恥を知れっ！」

そのままポカポカポカと自分の頭を殴り付ける。

しばらくそうした後、決意に満ちた目で拳を握る。

「……だがこれもロイドに不自由をさせない為。育ち盛りのロイドにまともな食事を与えないなんてあり得ないし、野宿なんてもっての外《ほか》だ。風邪でも引いてしまったらどうする。……そう、ロイドの為なら僕が恥をかく位、さしたる問題ではない。利用出来るものは何だって利用してやるとも。大丈夫、僕の取り柄は器用さ、こういうのは得意分野だ」

アルベルトは幼い頃からその手腕で他国の盟主を相手取ってきた。

笑顔で騙《だま》そうとする者、強面《こわもて》を生かし脅す者、小難しい理屈を並べ煙に巻こうとする者……アルベルトはそれらを様々な手段で退け、サルームを守ってきたのである。

凡《あら》ゆる手段を以て、立ち回る『器用さ』――これがアルベルトの武器であった。

「そう、ヒモ男の真似くらいワケはないとも。……ああっ、でもなぁーっ」

かと思えばまた、頭をブンブンと振り回す。

ロイドとナツメは慌ただしく動くアルベルトを見て、同時に小首を傾げるのだった。

◇

チュンチュン、チチチチ、と鳥の囀《さえず》りでナツメは目を覚ます。

ぼんやりと目を擦りながら半身を起こし、大きく伸びをした後で寝室と居間を隔てる扉の向こうに、人の気配を感じる。

「……あ、そういえばアルベルトとロイド君を泊めたんだっけ」

昨日、バイト帰りに見つけた外国人の兄弟をあまりに不憫に思い、つい家に招いてしまったのだ。

そして二人に居間を貸し与え、自分は疲れからさっさと眠ってしまったのである。

「んー、ちょっと早計過ぎたかなー……？」

ナツメは難しい顔をして、ううむと唸《うな》る。

いくら同年代、そして悪い人ではなさそうとはいえ、見知らぬ外国人の男を簡単に部屋に泊まらせるのは軽率過ぎただろうか。

だが言葉もわからず記憶も曖昧、その上小さな弟を連れた人間が寒空の下を歩くのを見ていると、心が痛み放ってはおけなかったのだ。

そして思わず——というわけである。

「まぁ変なことはされなかったんだし、寝ている私の部屋にも入ってこなかった。デリカシーもあるみたいだしそんなに悪い人ではないでしょう。多分」

うんうんと頷くナツメ。

彼女はあまり物事を深く考えるのは得意ではない。

しかしそれが自分の長所だとも思っていた。行動力って大事だよね、と。

そんな折、居間からいい匂いが漂ってくるのに気づく。

「……もしかして朝ごはんを作ってくれたのかしら。でも家電の使い方とかわかったのかな？」

昨日、街を歩いている時はアルベルトらは街頭のテレビや車などを見るたびにすごく驚いていた。

あまり家電を見たことがない様子だった。

二人の恰好は漫画みたいだったし、古風な国の出身なのかもしれない。

変な使い方をして壊してはいないだろうか。心配しながらナツメは扉を開ける。

と——エプロン姿のアルベルトに迎えられた。

両手には皿を持ち、朝食を配膳していたようである。

「おはようございますナツメ殿」

アルベルトの挨拶に、ナツメは目を丸くした。

「お、おはよう……？」

「いやぁいいタイミングで起きてきてくれましたね。もう少しで全て出来上がるので、椅子に座って待っていて下さい」

どうにか言葉を返すナツメの前で、アルベルトは皿をてきぱき並べていく。

ご飯と味噌汁《みそしる》、卵焼きが人数分、あっという間にテーブルを彩る。

ちなみにロイドは既に椅子に座っていた。

「さぁどうぞ、冷めないうちに召し上がれ」

「えーと、そのー……？」

口籠もるナツメにアルベルトは流暢《りゅうちょう》に喋《しゃべ》り続ける。

「あ、冷蔵庫の中のものは勝手に使わせて貰いましたが問題ありませんよね？　味もこのクックポッドを見たから大丈夫だと思いますが……何か至らぬ点がありましたら、なんでも言ってください。何せまだ色々と不慣れですので」

「じゃなくて！」

ナツメは声を上げ、アルベルトの話を止める。

「アンタ、昨日まで全然日本語喋れなかったじゃない。なのにたった一晩でペラペラ⁉ あまつさえ家電まで使いこなしてるってのはどういうワケなの⁉ 私を謀《たばか》ってたなら許さないからね！」

「落ち着いてくださいナツメ殿。昨日教えて貰ったアプリに色々載っていたじゃないですか」

アルベルトは昨日渡したタブレットを手に、爽やかな笑みを浮かべる。

そういえば、昨日日本のことを知りたいというアルベルトに外国人向けの日本語勉強アプリをダウンロードして渡したのを思い出す。思い出すが――

「いやいや、そうは言ってもアプリでちょっと勉強したくらいでここまで出来るようにならないでしょ」

「僕は器用ですから」

「器用って……」

余りにざっくりした答えに訝《いぶか》しみながら、ナツメは味噌汁をずずっと啜《すす》る。

「……あ、美味しい」

お袋の味、とでもいうのだろうか。

日本人の舌に合った、まさに理想的な味噌汁であった。

「それは良かった」

にっこりと眩しく微笑むアルベルト。

ナツメは少し……いやかなり考える。

器用の一言で終わらせていいものだろうか。とはいえ出来たものは仕方があるまいと、

それ以上考えるのを諦める。

世の中には天才肌という者がいるのは良く知っていた。

「(――サルームの顔役の僕にとって未知の言語で会話を行うことは珍しくない。そんな時は出来るだけ相手の言葉を引き出すように会話しつつ、記憶上にある数十の言語パターンから類似するものを脳内検索、それに照らし合わせることでごく短期間で日常会話を行うことが可能だ。更に言えば今回に関しては日本語が大陸極東の異国と言語が似ていたの

も大きかった。あとはそれに従ってタブレットを駆使し、様々な情報を得ればいい……）」

「ん、アルベルト何か言った？」

「いいえ、何も」

ブツブツ言っていたかと思うと、アルベルトは爽やかすぎる笑顔を向けてくる。

……まぁどうでもいいか。腹が減っていたナツメは今度は卵焼きを口にする。

「おっ、見事な半熟具合……すごいねアルベルト。私が作るよりずっと美味しいよ」

「お口に合ったなら光栄です」

ナツメとて料理は得意な方だが、アルベルトはまさに格が違った。

丁度いい匙《さじ》加減《かげん》とでもいうのだろうか。幼い頃に両親に連れて行ってもらった高級料亭の味を思い出していた。

「いやぁ料理をしたのは初めてでしたが、上手く出来て良かった」

「はいいっ⁉」

驚きの声を上げるナツメ。

「いやいや初めてってそれはないでしょ。プロだよプロ。プロの技だよ」

「まぁ料理はレシピ通りに作ればいいので。それに僕は器用ですから」

「……あ、そう」

ジト目になりながらも、日本語をあっさり習得する程器用なのだ。

料理のツボくらいは簡単に覚えてしまうのかもしれない。

多少納得はいかないが、もうそういうものなのだと考えることにした。

「(とっても美味しいです。アルベルト兄さん)」

「あ、流石《さすが》にロイド君はまだ喋れないのね」

少しホッとするナツメの言葉に、アルベルトはわかってないなと言わんばかりに首を横に振る。

「ロイドは賢い子ですから、その気になればこのくらいの言葉はすぐに覚えてしまいますよ」

「えぇー、そうかなぁー……」

「そうですとも」

そう言ってロイドの頭を撫でるアルベルト。

ナツメはその様子を見て、これが噂のブラコンか、と若干引いていた。

完璧超人に見えても意外と欠点はあるものなのだなと、若干安心もした。

◇

「ふーん、どこかの国から来て、記憶もないと……」

食事中、ナツメはアルベルトに身の上を聞く。

どうやらサルーム王国なる場所から来たらしく、気づいたらあそこにいたらしい。

「ええ、何故ここにいたのか。どうやって来たのかも全く憶えていないのです」

「それは大変ねぇ」

なんて答えながらも、そんなことがありえるのか？　とナツメは思う。

記憶喪失か何かだろうが、二人同時になるものだろうか。

それに二人の中世ヨーロッパを思わせる衣服はどうにも浮世離れしている。

「……まさかの異世界転移？　いやいやあり得ないって」

全く漫画の読み過ぎだと自嘲する。確かに最近そういうの流行《はや》っているけれども。

まぁそのうちどちらかが思い出すだろうし、あまり気にすることもないかと思い直す。

「でもさ、これからどうするつもり？」

「まずは生活の基盤を整えようと思います。この国について調べてみたのですが、どうやらここでは我々のような無戸籍者が生きていくには様々な手続きを踏む必要があるようですね。まずは家裁の許可を得て戸籍を取得、保険証などの身分証明書を発行して貰い、その後就労の義務を果たす必要がある、とか」

「け、結構詳しく調べたわね……」

「インターネットとやらで調べました。いやぁ何とも便利なものです」

うんうんと頷くアルベルト、切り替えが早いなぁとナツメは感心する。

「幸いこの国は治安もいいし行政もしっかりしている。普通に生活する分には困ることはなさそうです。故に僕たちが生活する為にすべきことを一晩掛けて調べ上げました」

「……すごいね。どんな対応力よ」

「器用ですから」

何でも器用の一言で済ませるつもりか、とナツメは呆《あき》れる。

「しかし何をするにも先立つものが必要なようで……そこでですがナツメ殿、僕に仕事を斡旋《あっせん》して貰えないでしょうか？」

そう言ってアルベルトが取り出したのは、そつなく書き込まれた履歴書だった。

◇

履歴書を手に向かったのは全国にチェーン展開する大型書店、鶴のマークでお馴染《なじ》みの『TSURUYA』である。

本のみならずCDやDVDのレンタル、文具や小物などの販売も行っており、休日ともなれば人でごった返すほどだが、本日は平日の開店前ということで人は殆《ほとん》どいなかった。

「ここがナツメ殿のバイト先ですか」

「うん、叔父さんが店長をしててね。少しは口を利いてあげられるかもよ」

「何から何まですみません」

礼を言うアルベルトに、ナツメは気にしないで、と首を振る。

「勢いで家に招いちゃったけど、ずっと居座られると困るなーって思っていたし、かといって出ていけとも言《い》い辛《づら》かったんだよね。アルベルトから言い出して貰えて内心ホッとしたわー」

「流石に見くびり過ぎです」

「あはは、ごめんごめん。でもいいの？　アルベルトならもっと稼げる仕事ありそうだけどねー。モデルとかさ」

「本が好きなんです。ロイドが」

くしゃりとロイドの頭を撫でるアルベルト。

「TSURUYAは託児スペースもあるし、そこならロイドがたくさん本を読めるでしょう？　色々調べましたがここが一番いいと思いまして」

「おおー、弟思いなんだねぇ」

笑顔で頷きながらも、その目付きはやたらと鋭い。

「(……金を稼ぐ方法など幾らでもあるが、ロイドのことを思えば本屋一択だろう。以前ロイドは食事を忘れる程読書に熱中し、一週間読書を禁じられたことがある。あの時のロイドは見てられない程辛そうだった。二度とあんな顔をさせてはならない。確かにここの給料はやや低めだが、とにかく本が多いし上手く社員になれれば福利厚生も充実している。長期的に考えればここで働くのが最も理に適《かな》っているだろう……ロイドの為にもな)」

ブツブツ呟き始めるアルベルトにナツメは若干引く。

何を言っているのかはわからないがロイドのことを考えているのだけはわかる。

本当にブラコンなんだなとナツメは呆れていた。

「というわけですからナツメさん！　紹介の方、是非ともよろしくお願いしますね！」

「わ、わかったわかった。手を離してってば……おっと、噂をすれば」

ナツメが視線を向ける先、小太りの中年男性が箒《ほうき》を持って掃除をしているのを見つけた。

「叔父さーん」

「やぁナツメ君、おはようございます」

小太りというよりはまるで卵のような体形だ。

黒いハットにベスト、ダンディな髭《ひげ》を生やした何とも個性的な格好をしている。

前掛けの胸元に輝く名札には弐来留《ニコル》と書かれていた。

「おはようございます、叔父さん」

「えぇ、いい朝ですね」

ペコリと頭を下げるナツメ。ニコルはその後ろにいるアルベルトとロイドに気づく。

「その方たちは？」

「あーその、昨日知り合った人で外国から来たんだけど、働き口がなくて困ってるみたいなんです。それでここを紹介したいんだけど、どうです？　人足りないって言ってたでしょ？」

「そりゃ人手不足はウチの常ですが……ふむ、立ち話もなんですし、どうぞこちらへ」

そう言ってニコルは二人を事務室へと案内する。

中に入った二人は勧められるがままパイプ椅子に腰かけた。

履歴書を受け取ったニコルはじっくりとそれを読んでいく。

「アルベルト君ですか。……年齢十六歳、出身国はサルーム王国……確かヨーロッパの小国にそんな名前の国があったような気がしますね。(※ありません)。外国の出身にしては字が綺麗《きれい》ですし、なんと言っても顔がいい」

ニコルはアルベルトを上から下まで、品定めするように眺める。

そしてしばし考えた後、アルベルトに問う。

「えーと、アルベルト君？　いくつか質問してもいいですかな」

「はい、何なりと」

「粗を探してもいいのですが、それでは互いに不毛です。単刀直入に行くとしましょう。ウチで働いている者は皆、本や映像作品、音楽を愛している者ばかりです。そうでなくては務まらない。ですのでアルベルト君――君の好きな作品を教えてください」

「！　叔父さんそれはちょっと……！」

言いかけたナツメをニコルは手で遮りながら、髭をピンと撥《は》ねさせた。

「ウチは本屋、働くのに最も必要な条件は本が好きであること、ですよ」

その言葉にナツメは口籠もる。

ニコルがバイトを面接する際、必ずこの質問を入れているのをナツメは知っていた。

好きな本は？　と聞かれて即答できないような、本に無関心な人間は、必ず本を雑に扱う。

ここでいう雑さとは単純な取り扱いだけでなく、売り方や在庫管理などにも現れる。

取り扱う品に興味のない店員のいる店からは客足はどんどん遠のいていき、いつかは潰れるものだ。

常々ニコルがそう言っているのをナツメはよく聞いていた。

「うぅ、そりゃそうよね……いくら顔が良くても住所不定、記憶喪失の外国人を雇えるはずがないか。それを理由に門前払いするのも私の顔に泥を塗る行為。だから尤《もっと》もらしい理由を付けて、断ろうってワケね。叔父さんってば、もう……」

とはいえナツメもまたニコルの考えを理解できた。

本に興味がない者がそれをどう扱うか、長くニコルの仕事を見てきたナツメもたびたび目にしてきたからだ。

碌《ろく》なことにならないことも、何度も。故にそれ以上何も言うことは出来なかったのである。

弐来留

「さて、どうですかなアルベルト君。本は何でも構いませんよ。この日本にある本なら何でもね」

ニコルの問いにしばし考えた後、アルベルトは答える。

「花マチ、ですかね」

「⁉」

アルベルトの言葉にナツメは驚いた。

花マチとは、花咲くポップンマーチという一世を風靡《ふうび》した少女漫画の略称である。貴族の学校に入学した貧しい少女がイジメに遭いながらも頑張り、個性豊かなイケメンたちと仲良くなっていく——発行部数三千万部を誇る少女漫画の金字塔的作品だ。そしてニコルの最推し作品でもある。

「昔の少女漫画ってことで敬遠してたけど、ヒキの強い展開に加え、主人公マチ子のアクティブさ、個性豊かなヒーローたち。時代を支えた超人気作は伊達《だて》じゃなかった。叔父さんに勧められて読んでみたけど確かに面白かったわ。……とはいえ十年以上前に完結し、現在の知名度はそこまでではないはず。にも拘らず何故アルベルトがそれを……？」

不思議がるナツメの眼前でアルベルトは続ける。

「いやぁいい作品です。イジメられてもけしてくじけない、主人公の性格がとても気持ちいい。それにメインヒーローの西園寺《さいおんじ》、彼は一見我儘《わがまま》で子供っぽいですが、一人の女性を強く愛する我欲に近い感情は男としてよくわかります」

しかも相当読み込んでいる。

オタクは半端な知識で語るものを嫌う。

見聞きした程度の浅い知識はすぐにバレて、逆に反感を買ってしまうのは周知だが、これだけ理解していればニコルも文句の言いようがない。

「ほう、アルベルト君は西園寺派ですか？　私は九条《くじょう》君推しなのですが」

文句どころか、ニコルは思い切り食いついていた。

アルベルトはにっこりと笑ってそれに答える。

「あぁ、彼もいいですね。子供っぽさが抜けきれず、年上の女性と対等に並ぶ為に頑張る様は応援したくなりますよ」

「うむ、うむ。確かにその通りです。そこまで読み解けるとはやりますね。ストーリーについてはどう思いますか？」

「そうですね。ストーリー自体にもかなりの工夫がみられます。この手の恋愛劇はややもすると安っぽくなりがちですが、小さくまとめず次の展開をチラ見せすることで、先が気になるよう上手く構成している。それもさりげなく。全く見事な手腕ですよ。この作者さんは」

「ほぉぉぉ……わかりますかアルベルト君！」

書店員であるニコルと少女漫画を対等に語れる者などそうはいない。

何せナツメがこの作品を勧められた経緯もそれが理由だからだ。

そんなニコルにとって、これだけ語れるアルベルトは貴重な話し相手と言えるだろう。

オタクは同レベルで語れる相手を常に求めているのである。

「六巻の最後のヒキ、あれは熱いですよ」

「えぇ、一見チャラいと見せかけて一本気な性格が――」

盛り上がる二人を見て、これは長くなりそうだと思ったナツメはスマホを弄《いじ》り始《はじ》める。

アルベルトの履歴書に合格の判が押されたのは、それから小一時間後のことであった。

◇

「いらっしゃいませ」


ブルーの前掛けをしたアルベルトが女子高生に眩しいばかりの笑顔を向ける。

声をかけられた女子高生は頬を赤らめ、小声できゃあきゃあと言いながら友人たちと棚の隅へと駆けていった。

彼女たちはそこに隠れてアルベルトが接客する様子をチラチラ窺《うかが》っている。

「なんて言うか、よかったねアルベルト」

カウンター横で本の整理をしながらナツメが言う。

「ええ、これもナツメさんと店長のおかげです。まさか働き口のみならず、住居まで用意して下さるなんて」

あの後、ニコルはアルベルトを採用。更に社員寮までを貸し与えてくれたのだ。

本来ならただのバイトにそんな特別待遇は出来ないはずだが、店長権限で無理を通したらしい。

よほど気に入られたのだろうな、とナツメは感心していた。

「それにしても花マチなんてよく知ってたね。アルベルトのいた国にもあったとか?」

「いいえ、昨日初めて読みました。ナツメさんに働き口の紹介を頼む前に勤務先であるTSURUYAについてはある程度調べていましたから。書店で働く以上、本について聞かれるのは想定の範囲内。だったらついでに店長の好みの本を読んでおけばなお有利だろう、と考えただけのことですよ」

アルベルトの答えに、ナツメは洗濯した前掛けを部屋に干してたのを思い出す。……そこからバイト先、かつ店長の好みにまで辿《たど》り着《つ》いたのかと驚いた。

「でもさ、店長の好みなんて知りようがないでしょ。なんで分かったの?」

「電子書籍の購入リストです。貸して頂いたタブレットの購入リストを見ると、ナツメさんは様々なジャンルの作品を数冊ずつ購入している様子。にも拘らず花マチだけは一括で全巻購入していました。それを見て、人から勧められた可能性が高いと判断したのですよ」

まさしくその通りだった。

ナツメはニコルから花マチを強く勧められ、全巻購入させられたのである。※ちなみに購入費はニコルが出した。

どこまで使いこなしているんだ。その上読むの速っ、と思いつつも、日本語を半日でマスターしたアルベルトのことだし不思議でもないか、とナツメは考えるのを放棄した。器用だもんね、と。


「……ん、でも勧めてきたのが叔父さんとは限らないよね……ってまさかっ⁉」

「はい。スマホの通話履歴を拝見しました。ナツメさんがここ最近で連絡を取っているのは店長くらいでしたので、恐らく花マチは店長が勧めてきたと……」

「ちょいちょいちょいちょ――――いっ！」


大声を上げるナツメに客の視線が一斉に向く。

ナツメは慌てて謝ると、アルベルトの襟首を掴んでカウンターの下へ潜り込んだ。

キョトンとするアルベルトを睨《にら》みつける。

「ちょっとアルベルト⁉　なーに人の通話履歴なんか見てるのよっ！　プライバシーの侵

害でしょ！」

「？　そういうものなのですか？」

「そーよっ！」

道具や文化などはあっという間に理解したアルベルトだったが、流石に日本人のプライバシー感覚までは理解していなかったか、とナツメはがっくり肩を落とす。

「……言っとくけど、友達がいないわけじゃないからね」

顔を赤らめボソッと呟くナツメだが、アルベルトはその意図すらいまいち掴めず、顔に？マークを浮かべていた。

「あのー、いいですかー？」

カウンターの上から声が聞こえる。

客が来たらしい。ナツメは慌てて立ち上がった。

「はいっ！　ただいま……ってえええっ⁉」

カウンターには女性客の列が出来ており、遅れて立ち上がったアルベルトに熱っぽい視線が集まる。

完全にアルベルト目当てだ。イケメン怖っ、とナツメは思った。

◇

「やーっと休憩だー!」

どっこいしょ、とばかりにパイプ椅子にナツメは腰を下ろすとスマホを手に取る。

大行列はあれから三十分近く続き、再度並ぶ客までいた程だ。

「アルベルトもそこらへん座って休みなよ」

「ありがとうございます。ですが僕はロイドの所へ行こうかと」

休憩室の隣、託児スペースを指差すアルベルト。

なお、ロイドはここに来てからずっと、そこで本を読んでいた。

「あ、そう。別にいいけど休憩は十分で終わりだからね」

「分かっています。三時には戻りますから」

にっこり微笑むと、アルベルトは奥の託児スペースへ駆けて行く。

本当にブラコンだなぁ、とナツメは呆れる。


「やぁお疲れ様。ナツメ君」

それと入れ違いにニコルが休憩室に入ってくる。


「お疲れでーす」

「うん。アルベルト君はどうですかな？」

「ええ、すごいですよ。あっという間に業務内容覚えちゃいましたもん」


元々アルベルトの覚えの異常さを知っていたナツメだが、実際に教えてみてその吸収速度には舌を巻いた。

例えばレジ打ち一つ取ってもすぐに作業をする理由にまで辿り着き、在庫管理や値段の付け方、万引き対策の意味など、様々な業務の想定まで出来ていた。

だから他の仕事を覚えるのも非常に速く、ナツメが教えることは殆どなかったのである。

まさに一を聞いて百を理解する、を体現したような優秀さであった。

「ふむ、やはり頭がいいんですね。少し話してわかりましたが、器用というか要領がいい。やはり外国では色々一人でやらなければならないのでしょう」

「ついでに言うと顔がいいですからねー。女性客の列が出来て大変でした」

「ははは、見ていましたよ。大盛況でしたね」

「あーっ！　見てたなら手伝ってくださいよぅ」


苦笑するニコルにナツメは文句を言う。

とはいえあそこで割って入れば女性客に睨まれるだろうし、傍観したニコルを責められないかとナツメはそれ以上の不満を飲み込んだ。


「……む」


ふと、ニコルが店内を映すモニターに視線を落とす。

モニターでは数人の学生が漫画コーナーで何やら辺りを見回していた。

「どうかしたんです？　叔父さん」

「……あの学生たち、怪しいですね」

学生たちの動きに目を見張るニコル。

見れば何人かの男子学生がカメラを気にしていたり、キョロキョロ辺りを見回したりと、妙な動きをしているように見えた。

「……言われてみればそうかも」

「ふむ」

ニコルは休憩室から出ると、足早に現場へと向かう。

辿り着いた時には学生たちは店外に出ており、ニコルは小走りで追いつき声をかける。

「すみませんが、鞄《かばん》の中身を見せて貰えますかな?」

ニコルの言葉に学生たちは一瞬怯《ひる》む。

「……っ⁉ な、何だよオッサン」

「まさか俺らを万引き犯と疑ってんじゃねぇだろな? 防犯ゲートは鳴ってねぇだろが!」

「メーヨキソンで訴えられたくなきゃ、さっさとどっか行けよ! 今なら見逃してやっからよ！」

しかしすぐに気を取り直し、息を巻いて反論する。

確かに防犯ゲートが鳴らなかったのは事実だが、ニコルは彼等が犯行に及んだと確信したようだ。

故に引かず、むしろ前に出て鞄を掴む。

「見せて、貰えますかな？」

「……チッ！　クソオヤジがぁっ！」

言い逃れは不可能と思ったのか、学生たちは舌打ちをしながらニコルに拳を振るおうとした。その時である。

ニコルは短く息を吐いて、腰に下げていたステッキを抜いた。

一閃《いっせん》、ニコルのステッキに強《したた》かに打ち据えられ、学生たちは地に伏していく。

「うぐぐ……」

「つ、強すぎる……！」

騒ぎを聞いて駆け付けた他の客やアルベルトがそれを見ておお、と唸る。

「すごいですね店長、体格の大きな男三人相手にあれだけの立ち回りをするとは」

「叔父さんってば剣道五段なんだよ」

どこか誇らしげにナツメは言う。

学生時代から剣道に打ち込んでいたニコルの腕はかなりのもので、時折こうして現れる迷惑な客相手には頼りになっていたのである。

学生たちの落とした鞄からは、案の定シュリンクをかけたままの本が数冊覗いていた。

「ふむ、防犯シールへの細工ですか。かなり手の込んだ窃盗犯ですね」

事務室にて、ニコルは盗まれた本を改める。

バーコード部分には磁気を消し、防犯ゲートを無効にするシールが貼られている。

これではブザーが鳴らないのも無理はない。ニコルは所在なく立ち尽くす学生たちをじろりと睨みつける。

「悪質ですね。その制服、南高《みなみ》の生徒でしょうか。警察と学校と親御さんに連絡を入れさせて貰いま――」

「ま、待ってくださいぃ！」

　学生たちは慌てて頭を下げる。

「ほんの出来心だったんです！」

「俺たち科学部で……実験で防犯ブザーを無効化したらどうなるかとつい悪ノリしちゃったんですよぅ！」

「そうです！　それにウチは貧乏で本を買う金も貰えないんですぅ！」

　涙ながらに訴える学生たち。

　胸元に付けられた名札には、山田、岸、佐藤と書かれている。

　ニコルはしばし考えた後、スマホを取り出した。

「あー、南高校の方ですか。私、ＴＳＵＲＵＹＡ岡山《おかやま》僧寺《そうじ》店ですが。お宅の生徒の……ええはい科学部の……はい、はい……ええそうですか……はい、わかりました」

　通話を終えたニコルは学生たちをじっと見る。

「先生方に聞きました。どうやらあなた方は学校では真面目に勉学に取り組んでいる様子ですね。それに名札が付いたままというのも間抜けです。つまりはまぁ、本当に出来心なのでしょう。今回だけはそういうことにして、特別に警察と親には報告しないでおきます」

「本当ですかっ⁉」

色めき立つ学生たちを見て、ニコルはステッキで床を強く叩《たた》く。

「えぇ、しかし次はありませんよ」

その迫力に学生たちは一瞬怯む。しばし睨み付けた後、ニコルは目を伏せた。

「……というわけです。もう行って構いませんよ」

「へへへ、すみませんでした……」

申し訳なさそうに頭を下げながら、事務室を出る学生たち。

扉が閉まった後もそれを見送るニコルに、ナツメが声をかける。

「いいの？　叔父さん？　警察呼ばなくて」

「……本当はそうすべきだったのでしょうが、本が欲しいのにそれを買う金がないという気持ちは、私にも少しはわかりますから」

髭を撫でながらニコルはため息を吐いた。

「それに、ただ盗みを働くつもりなら本以外を狙ってもいいはず。歪《ゆが》んではいますが彼らもまた本を愛する者に違いありません。それに名札も晒《さら》していましたし、きっと本当に気の迷いなのでしょう。これを機会に心根を入れ替えてくれれば何より――なんて思うのは少々甘いでしょうか」

「あはは、甘いですねー。あまあまですよ」

ナツメもまたため息を吐いて、その後少しだけ笑う。

「ま、でもそういうのも、たまにはいいんじゃないですか？」

「そう言ってくれると心が軽くなります」

そんな二人のやり取りを、アルベルトはただ無言で聞いていた。

◇

「だっはっは！　見事な謝りっぷりだったなぁ古坊《コボ》ちゃんよぉ」

ＴＳＵＲＵＹＡから少し離れた河原、その高架下にて先刻解放された学生たちがたむろしていた。

「チッ、てめぇがノロノロしてなきゃ上手くいってたんだよ。流斗《ルト》」

「しかし波頭《バズ》サンのアイデアは流石っすよ、クソ真面目な科学部連中から名札を借りて万引きするなんて、俺たちじゃ思いもつかねーっす」

犬っぽい顔の古坊と流斗、猿っぽい顔のパズがそのリーダー格のようだった。

パズたちは名札を胸元から引きちぎると、足元へ投げ捨てる。

「いやーしかし、聞いた通りあそこのＴＳＵＲＵＹＡ店長はクソ甘だったなぁ」

「防犯ブザー無効化されたり、殴りかかられたりしてるんだから、どう見ても出来心の域を超えてるでしょ。くくっ」

「本好きに悪人はいない、だっけか？　本を買う金もないんですぅ、とか言ったらいきなり表情が緩んだよな。あんときゃ笑いを堪《こら》えるのに必死だったぜ」

――彼らはいわゆる不良というやつで、ある日たまたま科学部の生徒たちが冗談めかして磁気センサーを無効化云々《うんぬん》という話を耳にした。

すぐに悪事を思いついた彼らは科学部員を恐喝、名札とそのシールを奪い、暇潰しに万引き行為に及んだのである。

「しかしあの店長、マジむかつくぜぇ。ウチの親は新聞社に勤めてるからよ。色々吹き込んであの店の悪い噂流してやれねーかな」

「おー良いアイデアだ。つかあれって暴力行為だろ？　ふつーに訴えたら勝てるんじゃね？　ウチの親は弁護士だからよ。泣きついてみてもいいかもしれねぇぜ」

「それもいいがあんなオッサンにナメられたままじゃ、プロボクサーの息子としちゃあ収まりがつかねぇってもんだ。なぁオイ、帰りを狙ってボコボコにしちまおうぜ。なーに、それなりには使えるようだがこっちも道具を使えば負けやしねぇよ。しかも夜道なら俺らだとわかることもねぇさ」

パズたちは金属バットやナイフを手に、にやりと笑う。

彼らの親はそれぞれ結構な富を有する者であり、当然本を買う金に困るような者は誰一人としていない。

そもそも彼らは本など読みはしない。

「よぉーし、そうと決まれば閉店までファミレスにでも――」

河原から移動しようとした学生たちの足が止まる。

立ち塞がったのは――アルベルトだ。

「そんなことだろうと思ったよ」

静かな、しかし迫力のある声。

線の細い優男《やさおとこ》とは思えない圧に全員が怯む。

「店長に対する君たちの態度からは反省の色は微塵《みじん》も見られなかったからね。――あぁ僕はそういうのがわかるんだ。騙し騙されの政治の世界で長年やってきたからさ」

パズたちは不機嫌をあらわにし、言い返す。

「何だぁお前？　わけわかんねぇこと言ってるぜ」

「こいつ、あの時後ろにいた外人だ」

「うぜぇな。すっこんでろ――よッ！」

威嚇するように繰り出した拳を、アルベルトは軽く躱《かわ》した。

アルベルト

よろける軸足に軽く足払いを仕掛け、転ばせる。

どさっ、と倒れるパズを一瞥《いちべつ》すると、アルベルトは言う。

「今すぐ戻って店長に謝罪し、二度と店に近づかないと誓え。そうすれば許してやる」

一瞬の沈黙、その後パズたちの顔色が怒りに赤く染まる。

「ぶっ殺す！」

武器を手に迫り来るパズたちを前に、アルベルトは短く息を吐く。

「外交というのはまず話し合いから始まるものだが、応じない相手も当然いる。そういう手合いには武力でもって応えるのが最も効果的だ」

「何をゴチャゴチャと――！」

そう呟きながら、足元に落ちていた小枝を爪先で蹴り上げる。

空中でくるくると回転した小枝は、そのままアルベルトの手に収まった。

「ラングリス流小剣術――百蜂烈突《ひゃくほうれっし》」

次の瞬間、アルベルトの姿がパズたちの前から消える。

それ程の疾《はや》さで振るわれた小枝《剣》はパズたちの衣服を細切れに切り裂いた。

「な……な……っ⁉」

「ててて、テメェ！　何をしやがった⁉」

半裸に剝かれ、それでも虚勢を張るパズたちだが、その足はガクガクと震えている。

彼らを睨みつけるアルベルトの目に、完全に圧倒されていた。

「次は警告では終わらないよ？」

駄目押しの一言でパズたちはひっ、と短く声を上げ踵《きびす》を返す。

「覚えてやがれよ――――っ！」

見事なまでの捨て台詞《ぜりふ》を残し、パズたちは半裸のまま駆けていくのだった。

◇

バラバラと、手にしていた木の枝がボロボロと崩れ落ちていく。

「あらら。崩れちゃったか。うーん、やはり僕に剣術の才はないなぁ」

教育係兼騎士団長であるマルクオスならば、こんな小枝でも傷一つ付けずに敵を制しただろう。

無理に使うから武器が傷《いた》むのです。自然な流れで振るえば小枝でも大剣に等しい。修練あるのみですぞ——なんて言われたっけ、と苦笑する。

今思っても無茶苦茶だが、おかげで悪漢を成敗することが出来た。

「治安のいい国ではあるが、やはりこういう輩は何処にでもいるものだな。ロイドは恐ろしく可愛らしいから悪漢が狙ってくる可能性は非常に高いだろう。苦手な剣術で守らねばならないのは多少不安だが……ま、戦闘だけがロイドを守る手段ではない。僕の本領は器用さなのだから。……おっといかん、早く店に戻らないと」

そう呟いてアルベルトは慌てて店へ戻る。あとは警察とやらが何とかしてくれるらしいし。

走りながらふと考える。

そういえば道中に見たあの警察官、マルクオスに似ていたな、などと思いながら。

◇

「くそったれがぁぁぁ！」

がんっ！　と大きな音がして、店先の看板が横倒しになった。

パズが苛立ちまぎれに蹴り飛ばしたのだ。

「あの野郎、調子に乗りやがって……今度会ったらぶっ殺してやる！」

更に数度、倒れた看板に蹴りを入れては息を荒らげている。

「ぱ、パズサン……あんまり騒がない方が……」

「そうっすよ。ただでさえこんな格好ですし……」

衣服を切り裂かれたパズたちはゴミ集積所に打ち捨てられていたボロ布を纏うことで、

何とか体裁を保っていた。

当然目立つ。道行く人々がヒソヒソと話しているのを見て、パズは更に苛立つ。

「見てんじゃねぇクソババア！　……っくそ！　絶対に許さんぞあの金髪！　クソったれの店長と一緒にボコボコにしてやる！　くくっ、俺にあんな態度を取ったことを後悔させてやるぜぇ……なぁオイ、テメェらよぉ！」

勢いよく振り返るパズ、その後ろにいたのはコボとルトではなく、微笑む警察官だった。

壮年ながらも屈強な体つきで、笑顔ではあるがその目は微塵も笑ってはいない。

偶然ではない。彼らを追う途中、アルベルトが通りすがりの交番に声をかけておいたのだ。

もうすぐこの辺りを不審者が通ると思うから、注意してください、と。

「げぇっポリ公⁉　……な、なんすか？　俺たち何もしてねぇっすよ？　……ってかコボ？　ルト？　一体何処に行きやがったアイツら⁉」

「あぁ、彼らは逃げたよ。私の接近に気づいたのだろう。ま、姿を憶えているから早いか遅いか程度の意味しかないんだが。……それより君たち、随分悪さをして回っているようだねぇ？」

彼らの悪行は市民たちの苦情を通して警察内にも伝わっていた。

警察官に睨まれ、パズは誤魔化すような情けない顔で笑う。

「はは、なんか参っちまいますね。はは、ははは……」

「全く、参ったものだよ。私も暇ではないのだが、市民の皆さんから苦情が入っている以上、見逃すわけにもいかなくてね。とりあえず話は署で聞こうじゃないか」

「いやっ！　違うんだって！　おいコラ、離せぇぇぇぇ！」

暴れるパズだが警察官からは逃げられない。

その後、パズは抵抗虚《むな》しく警察署まで連れて行かれたのだった。

◇

アルベルトたちがここへ来て一週間が経《た》った。

現在、各種手続きを終えたアルベルトはロイドと共にTSURUYAの社員寮に住んでいる。

古い1LDKのアパートは経年劣化で穴も多いようで、田舎ということもあり時折ネズミや蜘蛛《くも》などが出る。

同じアパートのナツメも越してきてすぐはそんな来訪者にビビったものだが、アルベルトは全く気にしている様子はない。

むしろ完全に馴染んでおり、鼻歌交じりで台所に立っていた。


「♪～よし、いい味だ」


エプロン姿で味見をするアルベルトを見て、ナツメは、似合いすぎでしょ、と小声でツッコむ。

ちなみにナツメの部屋は二人の隣で、今は食事に招待されていた。

アルベルトが色々と世話になっている礼にと食事を振る舞ってくれているのだ。それも毎日。

ナツメも一度は断ったが、それではアルベルトの気が済まないと半ば無理やり食事を共にするようになった。

最初は遠慮していたナツメだったが、アルベルトの食事の美味《うま》さ、栄養バランス、自分で用意する手間、その他諸々を考えた結果、食費を払うことで話はついたのである。


「はい、出来ましたよ」

「わぁー、いただきますっ♪」

焼き魚に卵焼き、味噌汁にご飯。

テーブルに並べられる朝食は、今まではパン一つに野菜ジュース一杯だったナツメからすると十分豪華なものであった。


「んむんむんむ……うん、相変わらずアルベルトの料理は美味しいねー」

「喜んでもらえて光栄です」


舌鼓を打つナツメを見てアルベルトは微笑む。

その横でロイドもまた、はぐはぐと朝食を堪能している。


「アルベルト兄さんはすごいです」

「ロイドに喜んで貰えたらこんなに嬉《うれ》しいことはないよ」

目元を緩めながら、にへっと笑うアルベルト。

それを見てナツメは、自分の時とあまりに態度が違いすぎる、と若干引いた。


「それにしてもロイド君、あっという間に日本語上手くなったよねー」

「言ったでしょう？　ロイドはとても頭がいいと」

自慢げに、そして満足げに頷くアルベルト。

仕事中、託児スペースでずっと本を読んだり、ＤＶＤを見たりしていたロイドはすぐに日本語を操るようになっていた。

周りの子たちともすぐに打ち解け――というか従えている感すらあった気がしたが……いやいや年上の子たちも多いし、流石に気のせいだろう、とナツメは思い直す。

「それにしても朝からよくこんな面倒なもの作れるよね。ご飯と味噌汁くらいならともかく、魚まで焼いてるなんてさ」

「下拵《したごしら》えした魚を冷凍しておけばそこまで時間はかかりませんよ。他の支度と並行すれば殆ど手間もかかりませんしね。……なんて、共に働いているお姉さん方の受け売りなのですが」

「お姉……あぁ、パートのオバちゃんたちね」

そういえばアルベルトとロイドはパートさんたちにやたらと可愛がられていたっけ、とナツメは思い出す。

顔が良い上に礼儀正しいアルベルトに子供のロイド、まさに下にも置かない猫可愛がりであった。

「他にも色々教えて貰いましたよ。近所のスーパーは何処が安いのか、特売の日や栄養価の豊富な季節の食材などなど……いやぁ皆さん知識が豊富で助かっていますよ」

嬉々《きき》として語るアルベルトを見て、まるで主夫《しゅふ》だなとナツメは思った。

「ところでナツメさん、今から卵のセールなんですが一緒に行きませんか？　お一人様一パックなもので……今日はバイトは休みですよね」

「あー、ごめんパス。借りてた本を読まなきゃだし、他にもやることあるからさ」

片手でごめん、とジェスチャーするナツメにアルベルトは頷く。ＴＳＵＲＵＹＡではＣＤ、ＤＶＤのみならずコミックのレンタルも行っている。しかも、大量に借りればその分割安になるのだ。

「残念です。そういえば先日、帰宅前にたくさん本を借りていましたね。わかりました。僕たちだけで行きますよ」

「うん、気をつけてね。それじゃあご馳走様《ちそうさま》。朝ごはん、美味しかったよ」

「はい、良い休日を」

ナツメが部屋から出ていくのを見送ると、アルベルトはさて、と呟いて出かける準備を始めるのだった。

◇

社員寮から五百メートルほど離れた所にある業務スーパーエブリディ。

ここは値段も安く品揃《しなぞろ》えも豊富、かつポイントカードの還元率も高いということで今、中国地方を中心に勢力を拡大しているスーパーだ。

パートさんおススメの店で、寮から近いこともあり、アルベルトは早速ポイントカードを作っては日々足しげく通っている。

そして本日は週に一度の卵一パック七十八円の日、お一人様一パックのみ。限定二百個。遅れは許されない。


「ふぅ、何とか到着だ。しかし便利だな。このママチャリというものは。何処へ行くにも軽々だし、維持費もかからないし、馬より余程便利だぞ」


エブリディに着いたアルベルトは自転車から降り、ロイドを降ろすと鍵をかける。

この自転車はパートさんから貰ったものだ。

もう子供が大きくなって使わないから、ということでありがたく頂いたのである。

後部座席にロイドを乗せられることもあり、アルベルトはこれをローゼンベルク号と名付け重宝していた。

「さて、現状金銭的にあまり余裕があるとは言えないが、育ち盛りのロイドにひもじい思いをさせるわけにはいかないからな。完全栄養食である卵は是非ともゲットしたいところだ」

卵が滋養があるというのは知識としては知っていたが、パートさん曰《いわ》く成長期の栄養をほぼ補えるという家計の味方的食品らしい。
他にも安価で栄養のある野菜やその調理法など、様々な情報をアルベルトは教えて貰っていた。
この手の家庭の知識はやはり女性に豊富だ。また色々とご教示して貰わねば、とアルベルトは頷く。

「～♪　お買い物だよ♪　お買い物だよ♪　今日のゴハンはこれがおススメ～～♪」

テーマソングを聞きながら中に入ったアルベルトは、真っ直ぐに卵コーナーを目指す。
残りわずかとなっていた卵パックを手にし安堵するアルベルトだったが、値札の下に小さく書かれた文字に気づいた。

「むむ、千円以上お買い上げの方に限り、だと？　……なるほど、目玉商品を抱き合わせで買わせることで、採算を取ろうということか。客寄せにもなるし良いアイデアだな。まぁ丁度野菜も少なかったし、適当に千円分買えばいい話だろう。さて今日の特売品は、と……」

店頭チラシを手に取り、舐《な》めるように見るアルベルトの姿はまさに主夫そのものであった。

「ふむ、タマネギ一玉十五円……かなり安いな。それに人参とモヤシも安いじゃないか。よし、この辺りを買い込むとするか。千円分あれば数日は持つだろう……む？」

野菜コーナーに移動したアルベルトだが、直ぐに異変に気付く。

そこにあるはずのタマネギが一つもないのだ。人参も、モヤシもない。

「くっ……ならば牛すじ肉を……！　多少調理は面倒だが、安くてたんぱく質も摂れる家計の味方だ。これも特売品のはず……ッ!?」

お肉コーナーに向かったアルベルトだが、そこでも牛すじ肉は無くなっている。

「ば、馬鹿な……まだ開店直後だぞ……？」

動揺するアルベルト。見れば他の買い物客たちも店員に詰め寄っている。

「ちょっと！　何でもう特売品が売ってないの⁉」

「そうよそうよ！　もっと用意しておきなさいよ！」

「そ、そう言われましても……」

たじろぐ店員から少し離れた場所で、中年女性がヒソヒソと話し合っているのに気づく。

「ねぇ私見たの。大柄の男が特売品を段ボールで買っていく所を！」

「ま！　買い占めってヤツかしら。いやーねー」

どうやら先んじて大量購入した輩がいるようで、特売品は根こそぎ買い占められてしまったようだ。

なんということだ。買い占めとは……否、特売ともなればそういう輩が現れるのは自明の理（個人の感想です）。その可能性を考えていなかった自分が恥ずかしい。

アルベルトは悔しさのあまりギリリ、と歯噛《はが》みする。

「……アルベルト兄さん？」

「あ、あぁごめん。何でもないよロイド。どうやら売り切れのようだし、他の店に行くとしよう」

——そう、別にスーパーはここ一つではない。

とはいえモタモタしているとまた買い逃すかもしれないし、急ぐべきだろう。

「ロイド、すぐに立つぞ。ローゼンベルク号、発進！　うおおおおおっ！」

アルベルトは咆哮《ほうこう》と共に、立《た》ち漕《こ》ぎでママチャリを爆走させる。

近所のスーパーを駆け巡るアルベルトだったが、行く先々で特売品のみが狙ったように買い占められており、結局最後の店舗でも手に入らなかったのである。

「ぐっ……まさか一つも買えないとは……」

「別に普通に売ってる物を買えばいいと思うんだけどなぁ……」

「何か言ったか？　ロイド」

「いえ何も……ん？　アルベルト兄さん、あれ見てください」

その時ふと、ロイドが少し離れたところに停めてあるトラックの方を指さす。

見れば大柄の男が大量の野菜などをトラックに積み込んでいた。

「む……あの車に積み込んでいるのはこの店の今日の特売品、ゴボウじゃないか！」

トラックの荷台には他にも野菜がたっぷり載せられている。

それらは他の店で特売品として売られていたものばかりだった。

「まさか……彼らが特売品を買い漁《あさ》っていたのか……？」

「アルベルト兄さん、行っちゃいますよ」


そうこうしている間に荷物を積み終えたトラックは、走り出す。


「くっ、追うぞロイド！」

「別に追う必要はないと思うんだけど……アルベルト兄さんは意外と変なことにこだわるんだよなぁ……」

「何か言ったか？　ロイド」

「いえ何も」

◇

ともあれ、ロイドはローゼンベルク号の後部座席へ乗り込むのだった。

「はぁ、はぁ……ここが奴らのアジトか……！」

息を切らせながら自転車を停めるアルベルト。続いてロイドも降りる。

目の前にある木造りの建物には先刻のトラックが停められ、看板には「麺屋安札家《めんやあんさつや》」と書かれている。

どうやら飲食店のようで、入口には準備中の札が掛けられていた。

「お邪魔します！」

アルベルトが勢いよく扉を開けると、中では四人の店員らしき男女が掃除や仕込みを行なっていた。

その中の一人、禿頭《とくとう》の大男がアルベルトの前に立つ。

さっきのトラックの男だ。黒いシャツを着てエプロンを結んでいる。

「お客さん、悪《わり》ぃがまだ準備中なんだ。開店してから来てくんな」

「特売品を買い占めたのは君たちか？」

大男はその言葉に一瞬目を丸くした後、他の店員たちと顔を見合わせる。

「……そうだが、そいつがどうかしたのかい？」

「今後このような行為はやめて頂きたい。迷惑極まる」

憤慨するアルベルトを見下ろしながら、大男は困ったように頭を掻《か》く。

「やめろって言われてもなぁ……俺たちだって商売でやってんだぜ？　出来るだけ安い食材を大量に仕入れるのは商売の基本だろうがよ。それにこういうのは早いもん勝ちだ。店側だって制限かけてねーし、大量購入の際は一応周りの客へも気は遣ってる。店員だって文句は言ってねぇ。こっちは何の規則も破ってねぇのに、見ず知らずのアンタにどうこう言われる筋合いはねーぜ」

男の言葉に、うんうんと頷く店員たち。

だがアルベルトは怯むことなく言葉を続ける。

「規則上問題あるかどうかは関係ない。君たちの行動で困っている人がいるのは事実だ。特売品を買えなかったお客さんが、その不満を受け止める店員さんが、何より育ち盛りの可愛い弟を食べさせていかなければならないこの僕が――大いに困っている！」

言い切るアルベルトにその場の全員が思わず沈黙する。

しばらくして、大男がぷっと噴き出す。

「ぶわっはっはっは！　つまりはお前さんが困るからやめろってか！」

「そうだ」

実際問題、仮に毎度特売品を買えずにいたら貧乏暮らしのアルベルトにとってはかなりの痛手である。

家賃、光熱費、その他諸々……数円の積み重ねが生死を分けるのだ。規模は違えど国家経営もまた同じ。僅かな積み重ねが明暗を分けることは珍しくない。

「くくっ、いいねぇ。正直な奴は嫌いじゃねぇぜ。お前さん、名は何という？」

「アルベルト」

「そうかい。俺は狩郎《ガリロウ》。こっちは多莉愛《タリア》、馬尾郎《バビロウ》、久郎《クロウ》。兄妹でこうして店を構えている。アルベルトよ、お前さんの言い分は分かったがこっちもハイそうですかと聞いてやるわけにもいかん。そこでだ、ひとつ勝負をしねぇかい？」

「勝負だと？」

聞き返すアルベルトにガリロウは頷いて答える。

「あぁ、見ての通りウチはラーメン屋だ。そこでやる勝負といったら……」

「なるほど、ラーメンで料理勝負というわけか」

サルーム王国では飲食店同士がトラブルになった際は、料理勝負で決着をつけることがままあった。

アルベルトの察しの良さにガリロウはヒュウと口笛を吹く。

「物分かりが良くて助かるぜ。俺が負けたらそちらの言い分を飲む。負けたら諦めて貰う。……って感じでどうだい？」

「いいだろう。その勝負、受けて立つ」

即答するアルベルト。ガリロウはニヤリと笑う。

「じゃあ決まりだ。一週間後、この時間にここに来い。逃げるんじゃねぇぞ」

「わかった」

アルベルトは踵を返すと、ローゼンベルク号に跨《またが》りキコキコとその場を後にした。

◇

それを見送るガリロウにタリアが声をかける。

「ねぇガリロウ兄さん、あんな勝負持ちかけちゃって何の意味があるの？」

「ふっ、わかってねぇなタリアよ。あの男を見てどう思う？」

「そうねぇ……やたらイケメンだなぁ、とは思うけど……あ、そういえば来週って……」

何か思いついた様子のタリアを見て、ガリロウは頷く。

「あぁ、ダイス愛《ラブ》が取材に来る日だ。この勝負、いい宣伝になるとは思わねぇか？」

ダイス愛とは、岡山香川を中心に様々な店を紹介するローカル番組だ。

開店してまだ一年弱、まだ知名度の低い安札家は宣伝の為に取材を受けることになっており、その日時が丁度来週の今頃なのである。

「ただ普通に取材されただけじゃ集客力は弱いだろう。だが料理勝負、加えて相手がイケメン外国人とくりゃあ……どうよ？」

ガリロウの言葉に、皆がおおっ、と感嘆の声を上げる。

「いいアイデアねぇガリロウ兄さん。そりゃウケるわよ！」

「うん、すごいと思う！」

「ククッ、悪くない案だ。……しかしもし負けたらどうする？　注目度が高いだけに、負けは許されないぞ」

「ハッ、心配しすぎだぜバビロウ。こっちはプロだ。素人相手に負けやしねぇよ。それよりお前ら、当日はしっかりと盛り上げろよな！　友達とか沢山呼んでよぉ！　だーっはっはっは！」


大笑いするガリロウをタリアとクロウも囃《はや》し立てる。


「任せときなよ！　インスタとツイッターでバンバン宣伝しとくからね！」

「俺も、頑張る」

「……」

◇

盛り上がる三人を横目にバビロウは、だといいが……と呟くのだった。

そしてあっという間に一週間が経った。

麺屋安札家にはＳＮＳでの宣伝により多くの人が集まっている。

もちろんテレビ局――ダイス愛のスタッフも来ている。


「……で、いつになったらイケメン外国人は来るんですかぁ？」


むすっとした顔でガリロウを睨むのは加藤莉奈《カトウリナ》。

契約アナウンサーとして六年目を迎え、そろそろフレッシュさがなくなりつつある妙齢の女性だ。

来年、下手したら今年、契約が切られるやもと穏やかではない心境から、そろそろ婚活を始めようかしら……そんな悩みを抱えてもいた。

色々ギリギリの彼女にとって、今回の料理勝負は何とも魅力的な話だった。ガリロウから連絡を受けてすぐ上司に掛け合い、特別に紹介時間を延長して貰ったのである。

ここで結果を残せばまだアナウンサーとして働ける。上手くいけばレギュラーになれるやも……なんて意気込んでいたのだが、肝心のアルベルトは未だ来ていない。

カトウは深いため息を吐きながら、時計を眺める。

「かぁー」

ちなみに隣にいるのは白いカラスのような着ぐるみ。名前をオカすけ。

ダイス愛の放送局であるOSK山陽放送のマスコットキャラクターである。

着ぐるみは脱ぐのも着るのも時間がかかる為、このまま待機しているのだ。

当然辛い。それはこの場の全員が知っていた。

「そろそろ始まる時間になっちゃうんですがぁ？」

「かぁー」

「さ、さぁー……そのうち来ると思うんですがねぇ……」

二人のプレッシャーにダラダラと冷や汗を流すガリロウ。

横の二人に小声で話しかける。

「……おい、アルベルトの奴は何処行ったんだよ。約束の時間はとうに過ぎてるだろうが！」

「知らないわよ。ってか時間もきっちり言ってなかったでしょ。一応SNSで探してるけど……てか何で電話番号とか聞いてないのよっ⁉」

「うっせぇ！　そんな空気じゃなかったんだよ！」

「今、バビロウが探しに行ってる。きっともうすぐ来るはず……あ！」

　クロウが指差した先、キコキコとローゼンベルク号を漕ぎながらアルベルトが姿を現す。

「やぁ、おまたせ」

　爽やかな笑顔と共に現れたアルベルトにガリロウが駆け寄る。

「おせぇぇぇ！　やっと来やがったかアルベルトよぉぉぉっ！」

「すまない。大根が安くてね」

　手にした大根には七十八円の札が貼られていた。

「いいよいいよ。来てくれやがったからよぉ。おーいダイス愛サン、待たせちまったな。もう始めてくれて大丈夫だぜ！」

78円
Ca

声を上げるガリロウだが、カトウは動かない。

その頬は紅潮し、開いた瞳孔でアルベルトを見つめ固まっていた。

「うわぉ……これは思った以上に美少年だわ。しかも小さな弟連れ？　これは女性層が確実に食いつく！　……取れる！　数字が取れるわよぉ！　この収録で結果を出せば、企画力を評価されてテレビ局に正社員として採用されるかも。ふふ、ふふふ……やるわ。やってやるわよぉ……！」

何やらブツブツ呟くカトウ。完全に自分の世界に入っていた。

「かぁー！」

「……ハッ！　あぁゴメンなさい。すぐ準備致しますのでっ！」

オカすけにぺちんと頭を叩かれ、慌てて立ち上がるカトウ。

カメラマンと何やら話し合った後、今までのむすっとした顔が嘘《うそ》のような明るさになる。

「はーい、今週も始まりましたダイス愛。司会は私、加藤莉奈でお送りいたしまーす！」

マイクを片手に元気に声を張るカトウ。

元気の良い仕草で笑顔を振りまくその姿に、その場の皆が呆れ顔になる。

「今回ご紹介致しますのは麺屋安札家。趣のある入り口ですねー。こちらは店主のガリロウさんです。こんにちは！」

カトウはまるで初対面かのようにガリロウにマイクを向けた。

その白々しさに若干戸惑うような顔をしつつ、ガリロウは頭を下げる。

「あ、あー。こんにちは。麺屋安札家のガリロウってモンっす。ウチは魚介系の出汁《だし》を使ったスープが自慢で、粘りのある麺に特に力を入れてます。まずは食ってみて欲しいっすね」

「なるほどなるほど！　ところで今日は特別に料理勝負をして下さるという話ですが⁉」

「ええハイ。勝負形式だとより分かりやすいと思いやしてね。相手はこいつです」

ガリロウが隣に視線を送ると、カメラがアルベルトの方を向いた。

そして下から舐めるように、アルベルトを様々な角度から撮り始める。

「おおっ、こちらが対戦相手のアルベルトさんですね！　いやーイケメンですねー！　金髪碧眼《へきがん》にして眉目秀麗、エプロンがすごく似合ってますよー！　そちらの小さい子はロイド君ですね。とっても可愛いです」

「えーと……どうも」

軽くはにかんで会釈をするアルベルト。

その仕草に周囲の女性陣はキャーキャーと黄色い声を上げた。

ガリロウはごほんと咳《せき》ばらいをし、言葉を続ける。

「彼は近所に住む外国人でね。ウチの商売のやり方にケチをつけてきたんでさ。だったらラーメンで勝負をしようってことになったのさ」

「ほうほう、何が起きたかも気になりますが、ともあれ勝負というわけですね？」

ここはカットしよう、と内心思いながら、話を料理勝負にもっていくカトウ。

醜い罵り合いよりもイケメン、料理、子供、動物が視聴率を取れるのである。

会話の主導権を握り、流れを操る手腕はまるでベテランアナウンサーのそれであった。

「さあっ！　早速始めて貰いましょう！」

開始の合図で二人は料理を始める。

包丁を手に並ぶガリロウとアルベルト。

「ルールと致しましてはこの店で用意した食材、道具を使うこと。制限時間は三十分、とにかく美味しい方が勝ちというシンプルなものです。審査員は私、加藤莉奈と近くで働くＯＬの佐藤さん、カフェ店員の山田さんですよー。お二人ともラーメンが大好きということで、立候補して下さいました。ありがとうございます」

カトウに紹介され、二人はペコリと頭を下げた。

「かぁー」

「あらー、オカすけも食べたいのかな？　美味しそうだもんねー。ふふふ」

オカすけとの絡みも視聴率的には重要だ。デキるアナウンサーはマスコットをも利用する。

「おーっと、そんなことを言っている間にもどんどん出来ていきますよー」

アルベルトの手際の良さを見て、ガリロウは唸る。

「まぁまぁ手慣れた様子じゃねぇか。俺の勝負をすんなり受けただけはあるってことか。ただしあくまでも素人にしてはの話だ。材料もさして変わったものを使ってる様子はないし、こっちはプロだ。ただの手作りラーメン程度に負けるはずはねぇぜ！」

刻んだ野菜とにぼしを一緒に煮込み、出汁が十分出た所でアクを取る。茹《ゆ》でた太麺を器に入れ、その上に巨大な肉と茹でた野菜をドバッと投入。

「最後に背脂をひと掛けして……完成だ！」

どん、と勢いよく置かれたのはモヤシとキャベツがこんもりと盛られた、いわゆるマシマシ系ラーメンだ。

女性陣はその見た目のインパクトに多少顔をしかめながらも、箸を伸ばす。

「あら美味しい。麺にスープが絡んで美味しいわね」
「うん。見た目ほど匂いはキツくないし、食べやすいかも」
「そうねぇ。外見からは想像もできない、爽やかさだわ」

食べた三人からは割と好評で、ガリロウはそうだろうとばかりに満足げに頷く。

「へへっ、ありがとうよ。ウチのラーメンは見ての通りガッツリ系だが、魚介系の出汁を使ったあっさりスープが自慢なのさ。ここいらはお洒落《しゃれ》なオフィスが多いからよ。そこで働いている女性をターゲットにしてるんだ。量はそこそこ多いが女性客でも食べやすいように工夫してるのさ」

「……でもお客さん、あんまり来てくれない」

「ばっか、それをどうにかする為にこうして宣伝してるのよ」

しょんぼりするクロウをタリアが窘《たしな》める。

実際、色々やってはいるものの中々結果には繋《つな》がらず、宣伝が足りないのではと考えた末のダイス愛出演であった。

「かぁー」

オカすけが箸を持って食べる真似をしている間に、カメラを回すよう指示するカトウ。

「はいっ、とっても美味しいラーメンありがとうございました。次はアルベルトさんのラーメンですが……おおっと⁉　これは――⁉」

丁度完成したアルベルトのラーメンが三人の前に並ぶ。

その見た目はガリロウのものとは真逆。透明なスープに少なめの麺。素揚げしたゴボウにレンコン。スライスした長ネギが載っており、洗練された印象に三人は唸る。

ガリロウもまた、ヒュウと口笛を吹いた。


「ほう、見てくれだけは悪くねぇな。さしずめ女子ウケ狙いの薄味お洒落ラーメンてところか。しかし同じ系統で本職である俺を超えられるとは到底思えねぇが……ま、お手並み拝見と行くか」

「わぁー、これは美味しそうですね！　あっさりした味わいが期待できそうです！　それでは早速いただいてみましょうか……んんっ⁉」


一口食べて、三人が目を丸くする。


「こ、濃ゆいわ！　このラーメン、とんでもなく濃厚な豚骨の味がするっ！」

「見た目の爽やかさに反してインパクトの強い味、これは驚きです！」

「いやん、口が臭くなっちゃうわぁ。でも満足度はかなり高いわよぉー！」

パクパクと食べ進めていく三人。あっという間に食べ終わる。

　ガリロウの方は半分近く残されており、まさに一目瞭然の結果となっていた。

「バカな……おいアルベルト。俺にも食わせやがれ！」

「もちろん構いませんよ。……ですが僕もお腹が空いていまして」

「あ？　食えばいいだろがよ」

「できればロイドの分も……」

「好きにしやがれ！」

　乱暴に言い放つと、ガリロウは小皿にスープと麺をよそって食べ始める。

「こいつは……見た目こそ気を遣ってはいるが、中身はただの豚骨ラーメンじゃねぇか⁉　こんなガッツリ系ラーメンは女子ウケ最悪なはず……なのに何故、三人ともあんなに喜んで食べてんだよ⁉　やっぱり見た目か⁉　オッサンよりイケメンがいいってのかよぉっ！」

　声を荒らげるガリロウ。食べ終えたカトウが口元を拭きながら言う。

「ええ、見た目が重要です。もちろんラーメンの話ですよ？　――ガリロウさんのラーメンは魚介と野菜、合わせて十数種の出汁を使いあっさりしつつも複雑な味わいとなっている。対してアルベルトさんはせいぜい二、三種。味自体も突出したものはありません」

「だったらどうして……」

「あなた、女性は薄味でさっぱりしたものを好むと思っていませんか？」

「だ、だが女子ってのはあっさり爽やかなものを好むって……」

「――まーでも、女子だってたまにはこってりしたものが食べたいですし」


ぼそり、と隣のＯＬ佐藤が呟く。


「そうそう！　たまにはギトギトのラーメンが恋しくなるっていうか」

「うん、人目を気にして言いづらいんだけどねー」

「わかるぅー。マシマシ系ラーメンって食べるの初めてだったからビクビクしつつもちょっと期待したのに、思ったよりあっさりで拍子抜けだったよねぇ」


それにカフェ店員山田も同意する。

「その点、アルベルトさんのラーメンは見た目は綺麗なのにニンニクマシマシって感じでよかったわぁ。ガツンと来たもん！」

「うんうん、味は確かに普通だったかもだけど、ラーメン食べたーって感じはしたわよね」

「女性というのは言い訳が欲しいんですよ。食べたいものに男も女もないわ」

「だよねー。わかるー」

ラーメントークに花を咲かせる三人。その様子はラーメン好きの男となんら変わりない物だった。

「女性は建て前を重要視するもの。それを真に受け過ぎたのが敗因でしょうね」

これでわかったでしょう？　と言わんばかりのカトウの言葉、その不条理さにガリロウはがくりと膝を突いた。

「かぁー！　かぁかぁ！」

オカすけも箸とラーメンを持ち、興奮したように踊っている。

え？　まさか食べてたの？　とカトウは思う。

「つまり俺は女心ってやつを理解できてなかった。それが敗因ってことかよ……」

項垂《うなだ》れるガリロウの傍らでアルベルトは呟く。

「女性の心など、僕にも理解はできませんよ。……ですが彼女たちの気持ちを考え、寄り添い、慮《おもんぱか》ることは出来る。女性だからと決めつけるのではなく、相手の――お客さんの気持ちを第一に考えることが大事なのだと僕は思います」

「俺は……客の心をわかってなかったってことか……！」

ガリロウは憑《つ》き物《もの》が落ちたかのように目を見開く。

「ハハッ……女性だからさっぱりしたものが好きに違いない。そんな決めつけで出された物など、相手が気にいるはずもないじゃねぇかよ。ウチみてぇなデカ盛り看板掲げてる店で客が求めるのは、当然ガッツリ系だろう。……思えば俺は周りの人の顔なんか見ちゃいなかった。特売を買う時だって、周りの客は迷惑そうな顔をしていたかもしれねぇ。それを無視して自分のやりたいようにして……他人の気持ちを考えてねぇんじゃ勝てるはずがねぇわな。あぁくそ、俺の負けだぜ」

がっくりと膝を突くガリロウ。

その肩をポンと叩く者がいた。

ロイドだ。ラーメンを口いっぱいに頰張りながらモゴモゴと口を動かし、飲み込んだ。


「気を落とすな。ラーメン自体はすごく美味しかったぞ」

「……こんな子供にまで気を遣われるとは、俺の完敗だな。一から出直しだぜ」

「あぁ、期待してる」

「へへっ、いつでも食いに来な」


ロイドと握手をするガリロウ。その背中をアルベルトが睨んでいる。


「ロイドに料理を美味いと褒めて貰えるなんて……くっ、羨まけしからん！」

「あ、アルベルト兄さんのも美味しかったですよ？」


それに気づいたロイドが取り繕うと、アルベルトもパッと笑顔を浮かべた。


「おおっ！　僕のも褒めてくれるのかい？　優しいなぁロイドは。よしよしよしよしよし」

ロイドを抱き寄せ頭を撫でまくるアルベルト。

ブラコンだ。とカトウは思った。そしてすごく数字が取れそう、とも。

ともあれこうして、ラーメン対決は終わったのである。

「はいっ、というわけで本日のダイス愛はここまででーす。来週もまたダイスの旅にお付き合い頂ければと思います。さよーならー！」

「かぁー！」

◇

スマホ画面のカトウとオカすけが手を振るのを見ながら、動画を停止するナツメ。

後日、TSURUYA休憩室にてダイス愛の見逃し配信をアルベルトと共に見ていた。

「へぇー、何かコソコソやってると思ったら、こんな楽しそうなことをしてたとはねー。……てか呼んで欲しかったなぁ。生のオカすけに会えたかもなのにぃー」

「オカ……？　あぁ、あの奇怪な鳥のことですか？」

「ちょ、鳥じゃないわ。宇宙人だから。ＯＳ星からやってきたヒーローを目指す少年で、修行中に瀬戸内に不時着したのよ。ちなみに好物はクッキーとレモンスカッシュね」

「は、はぁ……」

嬉々として語るナツメにアルベルトは若干引いていた。

そういう設定のマスコットなのはわかるが……好きなのだろうか。

よく見れば鞄に付いたストラップは全て件《くだん》のオカすけとやらである。

引き気味のアルベルトに気づいたのか、ナツメは頬を赤らめ咳払いをする。

「……おほん。で、最終的にはどうなったの？」

「ええ、特売品の大量購入はやめて貰えるということになりました。それだけでなく時々試食を頼まれまして……食費が浮いて助かっていますよ」

「あはは、仲良くなったんだ」

「ええ、というより別に争うつもりはありませんでしたからね。そういえば彼ら、テレビ局から感謝の言葉も頂いたようですよ。番組最高視聴率を記録したとかで、お客さんも随分増えたそうです」

負けはしたもののラーメン自体は美味かった、との評価もあり、放送直後から人が増え店の運営にも余裕が出たらしい。

更にアルベルトの作ったあっさり風こってりラーメンもメニューに加えるというたくましさを見せていたそうだが——一つだけ問題もあった。

◇

「ちょっと、あのイケメン外国人さん今日はいないのかしら？」

「最初からいねぇですよっ！」

本日何度目かの質問に荒っぽく答えるガリロウ。

そう、アルベルト目当ての女性客の対応という、多少面倒な仕事が増えたのである。

とはいえこれもまた一つのチャンス、そんな客にも満足して貰い、また来てもらうべく、安札家は今日も美味しいラーメンを作るのであった。

◇

「ねぇアルベルト、そろそろスマホ買いなよ」

バイトの休憩中、ナツメがスマホを弄りながら言う。

言わずもがな、現代における生活必需品の一つであるスマートフォン。電話機能のみならず便利なアプリ、インターネット、音楽、動画、その他諸々……現代人にとってなくてはならないまさに必需品である。

遊びだけでなく仕事の場においてもそれは同じで、スマホを持っていないアルベルトには用があっても連絡できず、周りの者が困ることが多々あった。

一番仲の良いナツメがアルベルトにスマホを持たせようとしているのである。

「もうバイト代も入ったし、お金あるでしょ。便利だよー？」

「それはわかっているのですが……うーん、やはり値段がネックですからね」

実はアルベルト自身も何度かスマホを持とうとしていたのだが、値段や維持費がネックだと言って結局買わず仕舞いだったのである。

弟がいる彼はそこまで金に余裕はないだろう。それはわかっているのだが……

「まー足踏みするのもわかるけどさ、そろそろ持ってた方がいいよ。マジで」

しかしナツメも今回ばかりは簡単に引き下がるわけにはいかない。

アルベルトが連絡手段を持たないことで、現在身元引受人となっているニコルが色々と手間を取られているのだ。

水道、ガス、電気、市役所等々からの電話での連絡は現在、全てニコルが取り次いでおり、毎度となるとそれなりに負担になっている。

アルベルトをここへ連れてきたナツメとしては責任を感じているのだ。

「流行りのゲームとか出来るよ？」

「今の僕にそこまでの余裕はありませんよ」

「ネットでショッピングとか……」

「現物を見てから買いたい主義なので」

「それにホラ、ロイド君といつでも連絡出来るし！」

「僕とロイドはいつも一緒なので、必要ありません」


様々な方向から攻めてみるものの、にべもなく断られてしまう。

そもそもアルベルトはスマホの利点、欠点を理解した上で持っていないのだ。

そんな彼をその気にさせるのは困難な話だよなぁ、とナツメはため息を吐く。


「ね、ねぇロイド君だってお兄さんがスマホ持ってたら嬉しいよねぇ？」

「別に」

ダメ元で読書に勤《いそ》しんでいるロイドに話を振ってみるが冷たい反応である。

ロイドが本にしか興味を示さないのはナツメもよく知っていた。

「しかもロイド君の好みって凄く偏っているのよねぇ。ファンタジー系の、しかも魔法メインの小説とか漫画ばかり読んでる気がするし……そうだわ！」

いいことを思いついたとばかりに、ナツメは自分のスマホをロイドに見せる。

表示されているのは『ノベルマスターになろう』というサイトである。通称ノベマス。

ここでは誰でも小説を書いて投稿できるのだ。

サイト内には数万を超える小説が投稿されており、中でも異世界ファンタジー作品が人気で、魔法や魔術をメインに書かれているものも数多く存在する。

「ほらほら見てよロイド君、こういうの大好きでしょ？　お兄さんがスマホを買ったらここに載ってる小説がタダで幾らでも読めるのよ？」

「えっ、こんな沢山の小説が無料で……？」

検索した小説を並べてみせると、ロイドは目を輝かせ、食い入るように見つめている。

おっ、良い感じの手応え。どうやら小説に弱いようだ。

ロイドはしばらくすると、目をキラキラさせながらアルベルトを上目遣いで見上げた。

「アルベルト兄さん。俺、スマホが欲しいです」

「全く、仕方ないなぁロイドは」

へにゃっとした笑みを浮かべ、アルベルトはロイドの頭を撫でる。

二人の操縦方法を理解したナツメであった。

◇

「……なるほど、他にもっと安いプランがあれば教えて頂けますか？」

本日何度目かのアルベルトの言葉に、対応していたショップ店員はひくひくと口元を動かす。

バイトが終わったアルベルトは早速ＴＳＵＲＵＹＡ併設の携帯ショップ、ソフトパークへ赴き、話を聞いていた。

そこからかれこれ三時間、最初はアルベルトとの会話に顔を綻《ほころ》ばせていた店員も、今は乾き切った苦笑を浮かべるのみだ。

「……まだやってたの？」

時間潰しにＴＳＵＲＵＹＡをぐるっと一回りしてきたナツメが呆れる。

「えぇ、様々なプランやオプションがあるようなので、どうせなら全て聞いてから検討しようかと思いまして」

にっこり微笑むアルベルト。

ナツメとてそこまでスマホ業界には詳しくないが、これらの契約プランが複雑なのはよく知っている。

なので機種変更の際はよく分かっていないのに、店員の言う通りハイハイと契約を交わしていたっけ。

学生の時も友達がスマホについて色々語っていたが、殆どついていけなかった程に機械音痴なのである。

使えればそれでいいと言うと、今時珍しいとよく言われていた。

彼女の姉も携帯ショップ店員だが、ある程度客の要望を聞いた上で存在するテンプレート的なプランに当てはめ、提案するだけらしい。

客側もそこまで詳しい人はいないから、大抵は言われるがままで、すんなりと契約は終わると聞いていた。

ちなみに詳しい客への対応は専門の人がいて、その人にやらせるとか。

それで仕事が務まるものかとよく思ったものである。

「(国の政《まつりごと》に深く関わる身としては契約は簡単に交わせない。重要性、その内容を完全に理解した上で様々なリスクを考えた上でなければな……)」

「はい？　何か仰いましたか？」

「いいえ、何でもありません」

店員に爽やかな笑顔を向けるアルベルト。

見事なイケメンスマイルに店員は頬を赤くする。

……なるほど、このせいで存在する全てのプランを説明する羽目になったのだろう。ある種自業自得だが。

「はぁ、そうですね……もはやウチではお客様が納得頂けるプランはないかもしれません」

「ふむ、それは残念です」

「ですが格安でスマホを手に入れる方法はありますよ。個人的には推奨いたしませんが……」

「！　それは何ですか？」

「……教えるのは構いませんが、あくまでも自己責任でお願いしますね」

店員はキョロキョロと辺りを見回すと、誰もいないのを確認し、身を乗り出し小声になる。

「実は激安スマホというのがありまして。簡単に言えば廃棄された部品を使ってスマホを自作するのですよ。これにより機種代金はタダ。通信費だけならウチなら月々五百円程度でスマホを所持できます」

「おお、それは素晴らしい」

「重ね重ね言いますがお勧めはしませんよ？　相当な知識が必要な上に、道具集めにも手間がかかり、組めたとしても動いてくれるかはわかりません。当然壊れても補償はないし、時間を無駄にする可能性が非常に高いと思いますが……」


その言葉に、ぼーっとしていたロイドが珍しく目を輝かせる。

「（この世界の電子機器ってのはすごく面白い構造なんだよなぁ。複雑怪奇に見えてその実、理路整然とした仕組みは魔術に近しいものがある。特にこのスマホなる板はすごいと思ってたんだ。それを分解、改造出来る機会なんか滅多にないぞ。こいつは楽しみになってきたな。うんうん）」


今度はこっちがブツブツ言い始める。

ある意味似ている兄弟だな。とナツメは思った。

ロイドはしばし考え込んでいたかと思うと、可愛らしい笑顔をアルベルトに向ける。

「アルベルト兄さん、俺、やってみたいです！」

「あぁ、そうだなロイド。一緒にすごいスマホを作ろうじゃないか！」

嬉しそうにロイドを撫でるアルベルト。

ナツメは呆れた顔でそれを眺めるのだった。

◇

「さて、材料は結構集まったな」

あの後、アルベルトがパートさんたちにもう使わないスマホなどが余ってないかと聞いたところ、どうぞどうぞとばかりに何台ものスマホが差し出された。

それらのスマホは殆ど動かなかったり、動いてもすぐにバッテリー切れになったり、ヒビ割れて画面が見えなかったりとボロボロのジャンク品ばかりだが、材料としては十分——と同じく貰ったスマホ情報本にも書かれている。

「材料良し、道具良し、では早速作業に入るぞ。ロイド」

「はいっ！　アルベルト兄さん！」

アルベルトの言葉に勢いよく頷くロイド。そうして二人はスマホを自作すべく夜遅くまで作業を続けたのだった。

◇

そして翌日——

ブルブル、ブルブルとナツメの枕もとでスマホが震える。

振動で目を覚ましたナツメはパタパタと手を動かしてスマホを手に取り、通話ボタンを押した。

「はいー？　もしもしー？」

「おはようございますナツメさん。いい朝ですね」

「んー、アルベルト？　おはよぉー……」

ぼんやりと答えるナツメだが、すぐに違和感に気づく。

自分の電話番号をアルベルトに教えた記憶はない。にも拘らず何故通話出来ているのだろうか、と。

「ちょ……どうやって電話かけてきてるの⁉」

「はっはっは、驚いているようですね。これが僕とロイドが作り上げたスマホの力ですよ」

「いやいやいやいや、おかしいよね⁉　電話番号もそうだけど、契約もしてないでしょ！　なのに一体どういう理屈で電話出来てるワケっ⁉　器用で済む話じゃないからねっ⁉」

「では僕たち兄弟の絆《きずな》ということで一つ」

「余計無理があるからっ！」

ナツメは思いきりツッコむと、速攻で着替えて隣の部屋へと駆け込んだ。

「で……これがその自作スマホってワケ？」

すぐにアルベルトの部屋を訪れたナツメが目にしたのは、やたら禍々《まがまが》しいスマホであった。

いや、見た目自体は普通のスマホなのだ。しかし画面のアンテナが十本近く立っており、回線は9999999G、バッテリーも1000000％と表示されている。

更に一つだけ入れられている「まがぁぽけ」なる変なウサギがアイコンのアプリが異彩を放っている。

開いてみるとどうやら漫画アプリのようで、なんとなく開いてみると『転生したら第八王子だったので、きままに武術を極めます』という漫画が載っていた。

書店員であるナツメですら一度も見たことがない漫画で、念の為ググってみたがやはり影も形も存在しない漫画だった。

まさか異次元に繋がっているとでもいうのだろうか。そんな謎の物体を手にアルベルトは誇らしげに胸を張る。

「ふっ、素晴らしいでしょう」

「いやいやいやいや、おかしいから」

とはいえ、理屈はともかく使えることは事実だし、アルベルト自身も喜んでいるのだ。自分がとやかく言うのもおかしいか。そうナツメが考えていると、スマホを持つアルベルトの肩に何か蠢《うごめ》くものが見えた。

――例のアプリのアイコンに描かれている謎のウサギだ。ウサギは虚《うつ》ろな顔でナツメをじっと見つめていた。

「きゃあああああっ⁉」

ナツメは思わず悲声を上げる。

「どうしたんですか？　ナツメさん」

「う、ううう、後ろにいる……変なウサギが……っ！」

「え？」

アルベルトが振り向くと、謎のウサギは高速で反対側の肩に移動する。

「左肩に動いた！」

「え？」

「じゃない！　右脇のとこ！」

「ん？」

「今度は背中にっ！」

「はぁ……？」

アルベルトが顔を向けようとするたび、謎のウサギは死角に移動する。

「ぬぐぐぐ……！」

「さっきから一体どうしたんです？　ナツメさん」

首を傾げるアルベルトの頭上で、ウサギはナツメをおちょくるように笑っている。

「くぉの……あ、そうだ！　ロイド君は見えるよね！　あの変なウサギっ⁉」

詰め寄るナツメだが、ロイドは冷や汗を流しながら視線を逸らした。

「いや、その、特に、何も」

「いるじゃないっ！　そこに変なのがっ！」

ナツメが指さすもロイドはそこを見ようとしない。完全に気づいていて、敢えて見ないようにしているように思えた。

「えええええ……なんで気づいてないフリを……？　もしやこの子が何か関与しているとか……いやまさか、でもしかし……」

訝しむナツメと、その視線を躱すように真後ろを向くロイド。

自分と視線を合わそうとしないロイドにムキになったナツメが近づこうとした、その時である。

急に辺りが暗くなった。頭上に影が生まれたのだ。真上を見ると、謎のウサギが巨大化していた。

全てを吸い込まんばかりの虚ろな、暗い瞳がナツメを飲み込むように見下ろしている。

それは徐々に大きくなり、ナツメをも飲み込もうとしているように見えた。

「%$#&%##$#%！！！？？？〜〜〜ッ⁉」

声にならない声を上げ、倒れるナツメ。

薄れゆく意識の中、アルベルトが心配そうに声をかけてくるのが聞こえた気がした。

◇

「はっ⁉」

目を覚ましたナツメは勢い良く体を起こす。

あれからかなり時間が経っているようで、外は薄暗くなっていた。

「よかった。目が覚めましたか」

目の前にあったのは優雅に紅茶を飲むアルベルトの姿。

その手に握られているスマホは先刻のものとは違うデザインであった。

「アルベルト、さっきのは？」

「あぁ、壊れてしまったから結局普通のスマホを購入することにしたんですよ。やはり店員さんの言う通り、自作のスマホはダメですね」

「そういう問題じゃないような……」

困ったように笑うアルベルトにナツメは小声でツッコむのだった。

「～♪」

そんな二人を横目に、ロイドは鼻歌混じりに「ノベマス」で小説を漁っている。

横目で見ていると、まさに文字通り、片っ端から、魔術、魔法、その辺りに関して書かれている小説を読んでいた。

すごい速度だ。兄のアルベルトがあんなに速く日本語を習得したのも納得である。

「……ん？」

そんなことを考えていると、ロイドが指を止めた。

気になる作品でも見つけたのだろうか。ひょいっと覗き見てみると、見知った単語が画面に踊る。

――有栖川棗。

小説の作者名にはそう書かれていた。

「魔術協奏曲第九皇国義勇黙示録……」

「ぶっっっっ！」

ロイドの呟きにナツメは思いっきりむせる。

なんで？　まさか？　どういう偶然？　ぐるぐる思考が巡る中、ナツメの顔が羞恥に赤く染まっていく。

「ろろろろ、ロイド君。何を見ているのかなぁー？」

思いっきり狼狽《うろた》えるナツメにロイドは尋ねる。

「有栖川棗……これってもしかして、ナツメが書いたの？」

「さ、さぁーて……なんのことかなぁー？」

ひゅーひゅーと下手な口笛を拭きながら視線を逸らすナツメ。

その態度だけで、アルベルトとロイドは答えを察したようである。

二人の生暖かい視線を受けながら、ナツメは諦めたようにため息を吐く。

「はぁ……えぇぇぇぇそーですよっ。その小説は私が書きましたっ」

恥ずかしそうにナツメは吐き捨てる。

「ナツメは小説家だったのですか？」

「違うわよ」

「では何故小説を書いているのです？」

「――小説家になりたいからよ」


ナツメは少し考えて、言葉を続ける。


「ノベマス……ここって誰でも小説を書いて自由に投稿出来るサイトなのよね。投稿された作品は世界中の読者に読まれて、面白かったらブックマークが付いていく。沢山付けばランキングに載って、上位の作品は出版社の目に留まって書籍化――まぁ本になったりするワケ。実際に何作もの作品が書籍化されているわ。私はそれを狙っているのよ」

「……ふむ、サイト内に存在する無数の作品群から選ばれた人気作ということは、それだけ人を惹《ひ》き付けたという証明。即ち売れる可能性が高い――というわけですか」

「出版社側の思惑なんかわからないけどね。……ま、中々上手くはいかないんだけど」


言葉を発するにつれ、口調は沈み、顔も俯《うつむ》いていく。

「私がこのサイトを知ってから約一年間に投稿した作品は十本。いずれも文庫本一冊分の量は書いていたけど、どれも全然振るわなかったわ。一番伸びたのでもブクマ十二、合計PV《閲覧数》は100くらいかな？　ランキング上位の作品なら一秒で稼げるような数字よ。ま、私の作品がつまらないのが悪いんだけどさ」

アルベルトは紅茶を傾けながら、それを静かに聞いている。

「……小さい頃から漫画やアニメが好きだった私は、物心付いた時には小説家を目指してた。暇さえあればノートに色んな物語を書いていたわ。中学生の時に初めて出版社の賞に投稿して落選したけど、その後もずうっと色んなところに送り続けたの。それこそ何度も。一次落ちが殆どで、一度だけ二次選考に残ったけどそれが限界。在学中にデビューは出来なかったわ。でも高校を卒業する時期になっても作家になる夢は消えなかった。進路希望に小説家って書いて、親や教師にメチャクチャ怒られたっけ。あんなものは才能がある人がなる職業だ。お前は何度も落選してるんだろう。もうやめておけ。お前には才能がない。諦めて真面目に働け！　ってね。確かにノベマスにも処女作でデビューしてる人は沢山いるし、そういう人たちと比べたら私はきっと才能がないんだと思う」

そこまで言ったナツメは小さく息を吐いて、前を向く。

「でも才能がなくったって関係ない。昔雑誌でプロの人が言ってもの。作家になるのに才能は必要なくて、それより続ける方が何倍も難しい。だからプロを目指す人はどれだけ時間をかけてもいいから沢山の作品を読んで、沢山の作品を書けば、そのうちプロにはなれる、ってね。それを見て決めたのよ。プロの作家になるまで何十作でも、何百作でも書いてやるって。何十年かかっても、絶対プロの小説家になってやる——ってさ」

ナツメは自分に言い聞かせるように、力強く言い切った。

「……なるほど、いつもスマホで何かやっていると思っていましたが、小説を書いていたのですね。それに毎週のように沢山本を借りて帰っていたのも創作の為の勉強。あらゆる物事には定石というものが存在する。それを他者の物語から読み取り、自分なりに再構成出来ればより広く、深いものが書けるのは道理」

「まーね。叔父さんには感謝してるよ。家出した私に働く場所と住む所まで与えてくれて、おまけにあそこでバイトしてたら本とかも格安で借りられるからさ。まさに作家を目指すにはうってつけの職場ってカンジ」

ＴＳＵＲＵＹＡで働けば本やＤＶＤを割引でレンタルできる為、それ目当てでバイトに来る者もいる。

ナツメはそれを最大限利用し、一週間に三十冊の漫画を借りていた。当然小説も読んでいる。最近の図書館にはラノベも置いてあるし、気になった作品は当然買っている。

他にも無料や半額キャンペーンの時などに電子書籍も買いまくり、様々な創作物を研究。自らの糧としていたのである。

「頑張れば夢は叶《かな》うって言うしね。とにかく後悔がない程にはやりたいの。幸い私の心は未だ折れては——」

言いかけてナツメはロイドが自分の小説を読んでいるのに気づく。

「ってなぁぁに勝手に読んでるのかなぁぁぁっ!?」

思わずツッコむナツメ。ロイドはスマホを閉じると、ふむと頷く。

「載せてあるということは、読ませるつもりがあるってことじゃないの?」

「そ、そりゃまぁ、そうだけど……」

「じゃあいいじゃないか。というかもう読んだけど」

「読むの速っ⁉」

驚愕《きょうがく》するナツメに、ロイドは何でもなさそうに言う。

「さらっとだけどね。要点のみを押さえて流し読むことで一冊の本を数分で理解することが可能……アルベルト兄さんがこれをやるともっと速いよ」

「そ、そう……」

それが事実だとするなら、言葉や様々な器具の使い方をすぐマスターしたのも頷ける。でもショックを受ける自分もいた。一応頑張って書いたものだ。流し読みされたら少なからず腹も立つ。

「一応目は通したよ。俺は小説の良し悪しはあまりわからないけど、総評としてはランキングに載っている作品と比べてそこまで見劣りしているとは思わなかったかな。ナツメが色々な物事を勉強しているのが感じられたし、それを自分の言葉で書こうとしているのも伝わってきた。俺は結構好きだよ、ナツメの作品」

「お、おう……そう、かしら……？」

「うん、後でじっくり読ませて貰うよ」

意外とも思えるロイドの賞賛に、ナツメは思わず顔を赤らめる。

所在なく指を遊ばせ、落ち着かない様子で足踏みをしていた。

「ただ、これらの小説には焦りを感じる。具体的には他の作品のガワを真似て、どうにか人気を出そうとしているような焦りがね。面白い本に共通するのは、作者が自分の書きたいものに全力であるということ。ナツメに足りないものがあるとすれば、きっとそういう……もごっ⁉」

「こら、ロイド。失礼だろうが。すみませんナツメさん。無遠慮な弟で……」

つらつらと無遠慮な感想を述べるロイドをアルベルトが止める。

だがナツメは構わないというように、首を横に振った。

「ううん、確かにロイド君の言う通りよ。最近の私は、こういうのがウケるだろう。って安易な考えで小説を書いていた気がする。それでも人気が取れる人はいるだろうけど、私にはあまり向いてないやり方だったかもしれない……書いててあまり楽しくなかったもの。ロイド君に正直に言って貰えて、やっと気づけたわ。ありがとう」

そう言ってロイドに礼を言うナツメ。

くるりとアルベルトの方を向く。

「やっぱり小説家を目指すなら、人に見せるのを恥ずかしがってちゃダメよね。客観的な意見の大事さに気づいたわ。というわけでアルベルト、あなたもこれを読んで意見を頂戴っ！」

ナツメの真っ直ぐな視線に、アルベルトはゆっくり頷く。

「……わかりました。ですがその前に紅茶を淹《い》れてきますね」

立ち上がるアルベルト。手にしたティーカップは空になっていた。

◇

「あ、おいしー」

ほんのり甘くて香り高い味に、ナツメは声を漏らす。

ロイドもハフハフ言いながら少しずつ口を付けていた。

アルベルトは紅茶を横に置いたまま、読《よ》み耽《ふけ》っている。

その横顔はナツメが思わず見惚れる程、絵になっていた。


「ふむ、拝読致しました」


スマホを横に置き、ナツメの方を向き直る。

ナツメはごくり、と喉を鳴らした。


「僕自身は小説に関しては門外漢ですが——ロイドの言うことも一理あると思います。ナツメさんの作品には他作品の影響がモロに出ており、消化し切れていない感がある。ですがそれはナツメさんが試行錯誤している証拠だし、そのうち上手く纏められるようにはなると思いますよ」

「そ、そう……?」

「ええ、書で得た知識というのは完全に自分のものにするのに時間がかかるもの。噛み砕いて咀嚼《そしゃく》して、何度も使って、訂正して、また考えて——そうしてようやく己の知識となるのです。つまりは読むこと、書くことですね」

「むむ、やはりプロの意見は正しいのね」

唸るナツメ。アルベルトの批評は本で読んだプロ作家の言葉と近いものを感じた。

「……あとはやはり人気を出すには強い独自性が必要不可欠でしょうね。その作品にしかないウリがあれば、人は自ずと訪れるものですから。例えば領地運営などでは独自の特色がある地方は強いもの。一際目立つ名物があれば他が弱くても、それが魅力的なら遠くからでも人は集まってきます」

「領地？　……あぁ、その土地の名産品みたいな？」

「っとと、そうです。それそれ」

慌てた様子で訂正するアルベルト。よくわからないが外国ではそういうのかも、と思いそれ以上ツッコむのをやめる。

「独自性……オリジナリティか。よく言われるけど、具体的にはどういうものかよくわからないのよねぇ」

「ナツメさんが今までに経験したことでいいと思いますよ。好きなもの、嫌いなもの、体験したもの、感じたこと……何でもいいです。作者自身の感じた思いというのは間違いなく他にはないウリですよ」

言われてみれば、とナツメは思う。

読んでいて作者の好みが色濃く出ている作品は、なるほど個性的だと思えた気がした。例えば料理漫画。作者が料理好きな作品はその情報の質、量ともに他を凌駕《りょうが》するものだ。

画力がそこまでなくてもキャラの反応、感情、描写、それらにリアリティがあり、とても美味しそうに感じられる。

逆も然《しか》り、料理漫画なのに料理に興味なさそうな作者の作品は、どれだけ絵が美味しそうに描かれていてもセリフ回しや描写などにこだわりが感じられず、適当だなと冷めたものだ。

そういう作品からは流行りだからやってみよう、という安易な考えが透けて見える。思えば自分も似たような感覚で書いていたかも、と反省する。

「自分が実際に経験したこと、か。……うん、ありがとう二人とも。参考になったよ」

「素人意見で恐縮ですが」

「いや、どんな素人よっ！」

そんな詳しい素人がいるか、と謙遜するアルベルトに思わずツッコむ。

「（ロイドはナツメの小説を気に入っていた。あの子が小説を褒《ほ》めるなんて中々ないことだ。彼女のレベルが上がればより満足度の高い読書生活を送れるだろう。その為ならアドバイスの一つや二つ、厭《いと》わない……）」

「ん？　何か言った？　アルベルト」

「いいえ、またいつでも見せて下さい。ナツメさんがプロになれるよう、協力は惜しみませんので」

「……ん、ありがと」


二人に礼を言うナツメ。

そういえば人に見せるのが大事だともプロ作家が書いていたっけ。

確かにすごくやる気になるし、良い意見も貰えた。

偶然とはいえ、二人に見せてよかったなぁとナツメは思うのだった。

◇

「いやー、山に来るのなんてめちゃくちゃ久しぶりー」

——翌日、街から少し離れた山にて、ナツメは登山ルックで山道を登っていた。

息を弾ませながらもその足取りは軽く、辺りを見回しながら元気よく進んでいる。

「た、楽しそうですね。ナツメさん……」

「何で俺まで……」

アルベルトとロイドもまた似たような格好でそれに続く。ナツメと真逆に二人のモチベーションは低く、アルベルトは顔には出さないが疲れ気味で、ロイドに至っては身体《からだ》全体でダルさを表していた。

ぐんにょりとした顔でアルベルトの裾を掴んで引っ張られながらトロトロ歩いている。

「というか、何故僕たちは山に連れてこられたのですか？」

「私のおじいちゃんは猟師でね。小さい頃はよく山で遊んで貰っていたのを思い出したのよ。ホラ、昨日言ってたでしょう？　自分の体験したことを書くべきだって。だからこうして山に入ってみればいいアイデアを思いつくかも、とか思ったワケ。……協力は惜しまないんでしょ？」

「……勿論《もちろん》ですとも」

アルベルトは苦笑いで応える。

その歩き方はなるほど、山を良く知っている風であった。

「だが確かに幼少期の原体験はその人の核となっている場合が多いもの。ナツメさんの行動はあながち間違ってはいませんね」

「でしょう？　どんどん私を深掘りしていきましょう。そしてプロの道へゴー！」

やる気に満ち溢れた様子で腕を上げるナツメ。

そうと決まれば望む通りに協力するとしよう。

彼女の小説の腕が上がれば、ロイドももっと楽しめるだろうから。


「では——ナツメさんのお祖父様《じいさま》はどんな方だったのです？」

「おじいちゃんは県北の山奥に住んでいてね。小屋を持ってて、一年の半分くらいはそこに住んでたのよ。猟銃とかも持っていたけど私と一緒の時は罠《わな》を使ってさ。獣の通り道に罠を仕掛けて、捕獲した獲物をよく私に食べさせてくれたわぁ。猪《いのしし》とかすごく美味しかったの。……罠を見て回る時とかも色々な山遊びも教えて貰ったんだ。笹《ささ》でお茶を作ったりとか、崖の降り方とか、雪山で疲れない歩き方とか、糞《ふん》で動物を見分けたりとか……あ、意外だった？　小説家になりたいのに意外とアウトドアだったんだなー、とか」

「いえいえ、猟師の孫が小説家を目指してもなんら不思議はありませんよ。趣味嗜好《しゅみしこう》は人はそれぞれですし、好きなことは幾つあってもいい。物書きであればきっとそれらの経験は役立つと思います。素晴らしいお祖父様をお持ちですね。ナツメさん」

「でしょう？　……ま、ちょっと前に死んじゃったんだけどね」

ナツメはアルベルトの言葉に礼を言うと、少し寂しそうに帽子を被り直した。

「すみません。無神経でした」

「いいのいいの。気にしないで。大往生だったからさ。……あ！　鹿の糞発見！　へぇー、最近はこんな人里近くにも鹿が出るのねぇー」

楽しげにしゃがみ込むナツメの指差す先には黒くて丸いものが転がっていた。

王室育ちのアルベルトやロイドにはただの土団子にしか見えなかったが、言われてみれば動物の糞に見える。

「追ってみましょう」

「あ、ちょっとナツメ！」

言うが早いか、ナツメはずんずんと山の中へ入っていく。

へとへとだったアルベルトがその速さについて行くのは難しい。

加えて腕にはロイドがダルそうにぶら下がっており、あっという間にナツメの姿は木々に隠れて見えなくなってしまった。

「……放っておきましょうアルベルト兄さん」

「それは流石に……いや、彼女なら大丈夫かもしれないな」

そう大きい山に見えないし、何よりあの足取りの軽さ。山には相当慣れているようだった。

そこまで心配する必要もないかとアルベルトは思い直す。

何よりこのまま追ったら自分たちの方が遭難しそうだ、と。

それに——。

「……やはり放っておこうか。僕たちの方も行くべきところがありそうだ」

「流石アルベルト兄さん。気づいていたんですね」

「ふむ、ロイドもか？」

「そりゃもう！」

先刻までのダラけ顔はどこへやら、ロイドは勢いよく頷く。

二人が感じ取ったのは山の中腹辺りからあふれ出ている魔力であった。

「この世界に来て初めて感じる魔力だ。ここまで近づかなければ分からない薄さの魔力だが、魔力は魔力。ここは是非確認しなければなるまい。上手くいけば元の世界へ帰れるかもしれないし、逆にこの現象が一時的なものという可能性もある。どちらにせよスルーはあり得ないだろう」


何だかんだで馴染みつつあるアルベルトだが、帰るのを諦めたわけではない。

こちらの世界には本はあっても魔術書がないし、何より魔術が使えない。

それは魔術好きのロイドにとってはとてつもないストレスであろう。

いつか必ず爆発してしまうのは間違いない。可愛い弟の悲しむ顔は見たくない。

故に帰還方法を常々考えていたが、その為にはやはり魔術の行使が不可欠だと感じていた。

そんな中でようやく見つけた手がかりだ。

ナツメと別れてでも探す必要はある。ロイドもまた同じ気持ちのようだ。

「この世界の魔力か……俺のいた世界と同じなのかなぁ。いや絶対違うに違いない。質や形態、それを使えば新しい魔術を試せるかも……うーん興味深い。是非とも解析したいぞ」

小声でブツブツ呟くロイドを見て、本当に魔術が好きなんだなぁとアルベルトは思う。

こんなに夢中になるなんて、子供らしくて可愛いなぁ、と目元を緩ませるのだった。

「よし、行こうかロイド」

「はいっ！」

アルベルトの言葉に頷くロイド、二人は元気よく山を進み始めるのだった。

「アルベルト兄さん、早く早く！」

「はぁ、はぁ……ま、待ってくれ……」

ヘロヘロになりながらついていくアルベルトを、ロイドは数メートル先で急かす。

さっきまでのダルそうな顔とは打って変わり、キビキビした動きだった。

「げ、元気だなぁロイド……もしかして身体強化の魔術を使っているとかじゃないだろうな？」

「っ⁉」

アルベルトの言葉にロイドは激しく動揺する。

「そ、そそそんなわけないじゃないですか。いやだなぁアルベルト兄さんは。はは、ははは……」

「はっはっは、冗談だよロイド」

アルベルトは可笑《おか》しそうに笑いながらも、ロイドに訝しむような視線を向ける。

「ふむ、ロイドの奴、何か隠しているようだったぞ。こんな山道をスイスイ歩くなんて、子供には難しいはずだ。それこそ魔術でも使わないと……」

更に疑《うたぐ》るように目を細めるアルベルト。ロイドは冷や汗をダラダラと流している。

「ま、そんなはずがないか」

が、即座に自身の考えを棄却する。

この世界では魔術が使えないのは事実だ。それにロイドならやる気になればこれくらいの山道は物ともしないだろう、と。

ロイドは何やら安堵したかのように、長いため息を吐くのだった。

そうして更に進む。

「……む、この辺りじゃないか？」

「ですね。僅かですが魔力を感じます」

そして気づけば、二人は目的地に辿り着いていた。

落ち葉の積もる何の変哲もない地面に、大きな木が生えている。

その根本、中心部分から魔力が湧き出ているようだ。

「驚いたな。魔力溜《だ》まりじゃないか！」

——魔力溜まりとは、大地を巡る魔力が湧き出す場所。

魔術師などはそこにいるだけで魔力が回復するのだ。

大陸にも幾つか存在し、特に大きなものがある土地は聖地のような扱いとなっている。

「小さいが間違いない。魔力溜まりがあれば僕たちの魔力を回復出来るぞ」

現状、魔力のないこの世界で魔術を行使するのはかなり難しいが、ここなら簡単な魔術なら使えるはずだ。

早速アルベルトは最も難度の低い魔術『火球《かきゅう》』を発動させてみる。

と、指先に赤い炎がぽっと灯った。

とても小さく、マッチの炎と同程度ではあるが、間違いなくそれは魔術の炎であった。

「おお……やったぞロイド！　こちらの世界でも魔術が使えた！」

振り向くアルベルトの目に映ったのは、真っ二つにへし折れ焼け焦げる大木だった。

パチパチと火花が爆ぜ、木が燃え盛るのをロイドは呆然《ぼうぜん》と眺めている。

「ロイド！」

アルベルトは慌てて駆け寄ると、ロイドを抱きかかえその場から距離を取る。

「突然木が燃えるなんて……一体何が起こったんだ？　落雷？　いや音はしなかった。自然発火というやつだろうか……ロイド、何か見なかったか？」

「い、いいえ……なんにも……」

しどろもどろに視線を泳がせるロイド。

その手から僅かな魔力の残滓《ざんし》を感じていた。

「この炎、まさかロイドが魔術で……？　いや、しかしここまでの魔術を発動させられる魔力はなかった。ならば考えられる理由は一つ、あの僅かな魔力を完全に制御、練り上げ密度を極限まで上げることで上位魔術を発動させた……のか？」

訝しむアルベルトの視線を受け、ロイドは冷や汗をダラダラ流す。

だがアルベルトはしばらくそうした後、ふっと微笑を浮かべロイドの頭を撫でた。

「ま、そんなはずがないか。いくらロイドに才能があったとしても、世の中には限度というものがある。たまたま雷でも落ちたのだろう。音が大きすぎて逆に聞こえないなんてこともあるというしな」

納得したように頷くアルベルトを見て、ロイドは安堵の息を吐くのだった。

「なになにっ⁉　一体何の音っ⁉」

山の上から聞こえた声に見上げると、崖上にナツメが見える。

「ナツメさん」

「あら、アルベルトにロイド君。はぐれたと思ったらこんなところに……」

ナツメは二人を見つけると、紐《ひも》を投げてそこを伝い降りてきた。


「わ、木が燃えてるじゃない！　何が起きたの？」

「落雷です。いきなり落ちてきて」

「落雷？　そんな音しなかったけど……あと思いっきり晴れてるし」

「落雷です」

「ま、まぁそれならそれでいいけどさ……」

断言するアルベルトに、ナツメは困惑気味に答える。

「ていうかゴメンっ！　無理やり連れてきたのに放置しちゃって！」

「構いませんよ。こちらも収穫はありましたしね」

「ホント？　それはよかったわ。なになに？　いいキノコでも採れた？」

「いえ、そうではありませんが、僕たちにとってはとても有益なことでした」

「？　ふーん。聞きたいけど……それよりこっちの話を先に聞いてよ。さっきシカを追ってたんだけどさ、あの崖上にシカの群れがいるのよ。ちょっと見に行かない？」

崖上を見上げるナツメを見て、アルベルトは苦笑いする。

「いやぁ、遠慮しておきます。あそこを登っていくのでしょう？　ロイドもいますし……」

「大丈夫よ。ホラ、こーやって登れば簡単に……」

ナツメは登ろうとして紐を握り、ぐいと引く。

十分に体重を掛け、耐えられるのを確認すると、崖を登るべく岩に足をかけた。

ロッククライミングの要領で、すいすいと登っていく。

「ロイド君もどうよ……って見てないしっ！」

完全に興味なさそうなロイドを見てアルベルトは苦笑した。

と、その時である。崖上で何かが動く。

ひょっこりと頭を出したのは、シカだ。

「あ！　あれだよアルベルト！　シカ！」

「おお、本当ですね。可愛らしい子鹿だ」

好奇心に釣られて見にきたのだろうか。一匹の子鹿がナツメらを見下ろしている。

その愛くるしさにほっこりと和んでいると、ガサガサと草むらが揺れた。

シカは二頭、三頭と増えていき、すぐに十頭ほど集まった。

「……本当に群れですね。ですが野生のシカとはこんなに人に近づくものでしたか？」

「いいえ、結構怖がりなはずよ。すぐ逃げちゃうから近づくのすごく苦労したもの」

「あのシカたち、こちらを睨んでいるような……」

不思議がるナツメたち。シカたちは崖を降りてくると、三人を取り囲んだ。

「あ、あのー……シカちゃんたち？　私たち何か気に触ることでもしちゃったかなー？」

ナツメの言葉を意にも介さずシカは包囲を狭めていく。

その目は敵意に満ちており、アルベルトたちを攻撃する気満々であった。

「様子がおかしい。下がってナツメ、ロイド」

「は、はいっ！」

アルベルトはナツメたちを下がらせながら、丁度いい木の枝を拾い上げる。

「この感じ……恐らくシカたちは魔力の影響を受けたのだろう。今の落雷で木が焼け落ちたことで魔力溜まりの蓋が取れ、辺りに強い魔力が溢れ出している。それを浴びて凶暴化してしまったようだ」

魔力溜まりでは魔力を回復させることが出来るが、魔力を持たぬ者が居続けると過剰な魔力供給により異様な行動を取ることがある。

それは動物も同様、殆ど魔力のないこの世界では効果は覿面《てきめん》というものだろう。

「ギギギ……！」

「ギュウギュウ！」

威嚇するような声を上げるシカの群れを前に、アルベルトは戦闘の構えを取る。

「はあっ！」

興奮している様子のシカ目掛け、アルベルトは手にした木の枝を高速で突き出した。

ぱしん！　と枝の先端はシカの鼻先に命中。

弱点を叩かれたシカは戦意を失ったのか、はたまた正気を取り戻したのか、逃げるように走り去っていく。

「賢い選択だ。さぁ、君たちも痛い思いをする前に逃げた方がいいですよ」

アルベルトは枝を構え直し、新たなシカへ狙いをつけるのだった。

◇

「はあぁっ！」

「ギャイン！」

そして、最後の一頭が悲鳴を上げ、逃げ出した。

アルベルトは大きく息を吐きながら、木の枝を降ろす。

「ふぅ、疲れました」

「す……」

その後ろで、ナツメが目を輝かせる。

「すごいよアルベルトっ！　あんなに強かったなんてっ！」

「あはは……一応心得程度は。しかし運動不足がモロに出ましたね。もうヘトヘトだ。お恥ずかしい限りです」

あれだけ山を歩いた後だ。

コンディションは悪く、どうにか身体が動いてくれてよかったとアルベルトは安堵する。

「いやいや、すっごくカッコよかったよー。漫画みたいだったもの！」

ナツメはアルベルトの手を取り、興奮気味にブンブンと振り回す。

「あ、ネタにしていい？」

「リアリティがないのでやめた方がいいですよ……ともあれ皆無事でよかったです」

アルベルトの奮闘の甲斐《かい》もあり、三人とも怪我を負ってはいない。

ロイドを——あとナツメを守れて良かったと心底安堵する。

「それにしてもシカだけじゃなく、猪や牛まで出てくるとは……この山どうなってるのかしら？」

首を傾げるナツメ。アルベルトが撃退したのはシカだけではない。

戦っている最中、他の動物たちが近づいて来たのである。

猪や雉《きじ》、果ては近くの牧場にいたのだろうか、牛や山羊《やぎ》、鶏まで襲ってきたのだ。

「ええ驚きました……が、もう大丈夫だと思いますよ」

魔力溜まりから噴き出す魔力は落ち着いてきており、動物たちが襲ってくる可能性は低いだろうとアルベルトは考えていた。

それを証拠に、木々の上で威嚇していた山鳥の群れも今は散らばっている。魔力が霧散しつつあるのだ。もはや動物が凶暴化することもあるまい。

「確かに山が静まってきたかも。一体何があったのかな？」

「ははは、ともあれ無事でよかっ……痛ぅ……っ！」

突如、呻《うめ》き声《ごえ》を上げ蹲《うずくま》るアルベルト。

「アルベルト⁉」

蹲って足を押さえるアルベルトにナツメが駆け寄る。

見ればその箇所には何かに噛まれたような傷が出来ていた。

「マムシ……！」

草むらや石の下などに生息する毒蛇で、噛まれると毒が回り治療が遅れると最悪死に至る。

マダラ模様の蛇らしきものが草むらに逃げていくのを見て、ナツメは舌打ちをする。

「とりあえず応急処置をするから動かないで！」

「わ、かりました……」

苦悶の声を漏らすアルベルト。その顔色はお世辞にも良いとは言えない。

リュックから取り出した水で傷口を洗い、自分の服を破って足を縛る。

そして病院に電話……するが、山の上だからか電波が通じない。

「本当は動かしちゃいけないんだけど、こんな雨も波も届かない山奥で放置するわけにもいかないし……。アルベルト、私の肩を貸すからもう少し頑張って」

「すみません……」

「いーから黙ってる！　ロイド君もお兄さんの身体を支えて頂戴っ！」

「……」

声をかけるナツメだが、ロイドは無言で林の中を見つめている。

「何かいる。獣の気配が漂ってくるよ」

草むらがガサガサと揺れ、大きな影がぬっと出てくる。

「グォルルル……」

低い唸り声と共に現れたのは一匹の獣だった。

体長三メートルはあるだろうか。その獣は鋭い爪と牙を持ち、黄色と黒の縞模様《しまもよう》を纏っている。

爛々《らんらん》と輝く目でナツメたちを睨むその獣は――虎であった。

「と、虎ぁっ⁉ なんで虎がこんな所にいるのよっ⁉」

思わず声を上げるナツメ。

アルベルトもその存在は知っていた。

確かアジア全域は少数存在する肉食動物だ。

それが日本の山にいるはずがない。

「動物園、あるいはサーカスから逃げ出したとか？」

「理由とかこの際なんでもいいわよっ！　そそそ、それよりどうしよう……」

後ずさるナツメたちに、虎はじりじりと歩み寄る。

肉食獣相手に背中を見せて逃げ出すのは悪手だとはよく聞く話だが、虎相手にどこまで有効かは不明である。

現に虎は大して警戒している様子もなく、ナツメらと距離を詰めていた。

このままではマズい。そう思ったアルベルトはナツメから身体を離す。


「……二人とも、僕を置いて逃げるんだ」

「アルベルト……でもっ！」

「大丈夫、ですよ」


手にした枝を杖《つえ》にして何とか立つと、虎を前にして息を吐き、視線を上げる。

瞬間、張り詰めたような空気が辺りを支配する。

鬼気迫るアルベルトの迫力に虎は足を止め、瞳孔を広げた。


「ここは僕が足止めする。ナツメさんはその間にロイドを連れて逃げて下さい」

「無茶よ！　相手は虎よ⁉　肉食獣でも一二を争う猛獣なのよ⁉」

「しかしこのままでは皆、あの獣の腹の中だ。誰かが残るしかない。……なぁに、負けるつもりはありません。追い払ってみせますとも」

そう言って笑みを浮かべるアルベルトだが、額には脂汗が浮かんでいる。

マムシの毒は噛まれた直後から強い痛みがあり、次第に眩暈《めまい》や何やらの症状も出てくる危険なものだ。

元気な状態だったとしても相手は虎なのだ。満身創痍《まんしんそうい》で毒も回りつつある今の自分では少々荷が重い相手かもしれない、とアルベルトは考える。

それでもやらねばなるまい。不安そうに見つめるナツメにアルベルトは言う。

「——ともかく、ロイドをよろしく頼みますよ。ナツメさん」

「ガォォォォォ！」

アルベルトの言葉と同時に、虎が咆哮を上げる。

飛びかかろうとする虎に向けて木の枝を構えるアルベルト、その交錯する瞬間である。

凄まじい魔力がロイドの方から放たれる——

「(待て！)」

凛《りん》とした声が辺りに響く。

と同時に虎はビクンと身体を強張らせ、アルベルトを素通りして着地した。

そしてぐるぐると喉を鳴らしながら、草むらに頭を突っ込む。

「ゴロゴロゴロゴロ……」

甘えるような声を上げて尻尾を振る虎をアルベルトらは茫然《ぼうぜん》と眺めていた。

「(あはは、もうやめてったら)」

草むらの中から聞こえてくる声にアルベルトは聞き覚えがあった。

まさかと思い駆け寄ると、そこにいたのは薄紅色の長い髪の少女。

ふわっとしたドレスにはファーやポンポンが付いており、虎は少女の服に顔を埋《うず》めている。

「(アリーゼ、なのか……?)」

「(ああっ、アルベルトお兄さま!)」

ぱあっと明るい笑顔を向けるのは、サルーム王国第六王女、アリーゼ＝ディ＝サルームであった。

◇

「(それにしても、アルベルトお兄さまとロイドがいるとは思わなかったわぁ)」

のんびりした口調で呟くアリーゼ。ぐったりしたアルベルトと共に虎の背に乗っている。

「(あぁ、僕も驚いた。そして助かったよアリーゼ……)」

「(それは私もですよぅ。いきなりこんなところに来ちゃって、とても不安でしたもの。二人に会えて本当によかった)」

どこか楽しげに話す二人。

少し離れてついていくナツメがロイドに小声で話しかける。

「ねぇあの子、アリーゼちゃんだっけ。ロイド君のお姉さんなんだよね？　なんで虎を操

ってるワケ？」

「アリーゼ姉さんは動物と心を通わすことが出来るんだ」

「動物と心を、ねぇ……」

いきなりファンタジー全開な言葉を聞かされ、ジト目になるナツメ。

しかしそうとしか考えられないことが実際に起きているのだ。

小鳥はアリーゼの肩に留まり、リスは膝の上に乗り、虎は見ての通りである。

「まぁこんなものを見せられちゃあね。……今なら私も触れたりして」

好奇心に駆られてそーっと触ろうとするナツメだが、

「グォォォルルル！」

「ぴゃあっ⁉　ご、ごめんなさいっ！」

虎に吠《ほ》えられ跳《と》び退《の》いた。

アリーゼは虎を撫でて宥《なだ》めると、ナツメを見てにっこりと微笑んだ。

「……はぁ、びっくりしたぁ……」

「動物たちは……アリーゼの言うことしか聞かないんです……触らないよう……」

「アルベルト兄さん、安静にしてないと」

　ロイドの言葉にアルベルトは苦笑する。

「はは……そうだねロイド。……ところでさっきは……ありがとう……」

「へ？　な、何の話です⁉」

「あの瞬間……お前から魔力の発動を感じたよ……魔術で退けようとしてくれたんだろう……？　お前に守られるなんて……な……」

「いやいや、気のせいですってばアルベルト兄さん。俺は何も……アルベルト兄さん？」

　すぅ、と寝息を立て始めるアルベルト。

「どうやら熱で眠っちゃったみたいね。さっき二人で何か言ってた？」

「何でもないよ。それよりナツメ、ここまで来れば電波が通じるんじゃない？」

「おっと、そうね」

　見れば木々の向こうに道路が見えている。

ナツメはスマホで救急車を呼ぶのだった。

◇

その後、すぐに救急車が到着しアルベルトは病院に搬送された。
しかし到着寸前にアリーゼを乗せた虎はいきなり走り出し、あっという間に見えなくなってしまった。
ナツメたちはそれをただ見送るしかなく、折角出会ったアリーゼともまた離れ離れになったのである。

「残念だったねアルベルト。折角妹さんに会えたのにさ。あの子、言葉もまだわからないみたいだったし、不安でしょう?」

病室でリンゴを剝きながらナツメが言う。

「えぇ……アリーゼは見ての通りふわふわしてますから心配です。僕の体調が戻ったらすぐにでも捜しに行かなければ……！」

決意に満ちたアルベルトの言葉に、ナツメはただブラコンなだけじゃないんだなと思った。

弟妹思いのいいお兄さんなのだと。

そんな時、点けていたテレビから憶えのある声が聞こえる。

見るとそこにいたのは、かつてラーメン対決の際にいたアナウンサー加藤莉奈だ。

「はーい、今週もダイス愛始まりました。今日はここ、桶田《おけた》動物園に来ていまーす！　早速行ってみましょーー！」

園内に入っていくカトウをカメラが追う。

「あら、ダイス愛で動物園を紹介するなんて珍しいわね。大抵は飲食店や観光地の紹介なのに」

「そういえばあの虎、ニュースによればここから逃げ出したのでしたか。自主的に戻って事なきを得たとか言っていましたが……」

呟きながら、剥いてもらったリンゴを口に入れるアルベルト。

――桶田動物園。明治時代から存在する県内最大級の動物園だが県民の反応はいまいちで影が薄く、経営難という話も聞こえる程だった。

しかし映像ではかなりの客がいるようで、カトウも移動に四苦八苦している様子である。

「いやー、平日だというのにすごいお客さんですねー。私も来るのは小学生の時以来ですが、こんなに人はいませんでした。さーて、その人気の秘密は……こちらです！」

そう言って、カトウは檻《おり》の前に立ち止まった。

虎の檻だ。あの時逃げ出した虎だろうか。

しかしすぐに虎からズームアウトし、カメラはカトウの横にいる作業服の少女に向けられていた。

「こんにちはー、ダイス愛のカトウです」

「コンニチハ、アリーゼデス、コンニチハ」

アリーゼの言葉を代弁するように、その肩にいるオウムが喋る。

「な……アリーゼっ⁉」

身を乗り出すアルベルト。そんな中、ナレーションが流れ始める。

「実はこちらのアリーゼさん、なんと動物と心を通わせることが出来るんです！　数日前に逃げ出したこちらの虎のハナコちゃんもアリーゼさんに連れられて大人しく帰ってきたと言われてるんですよー。その腕を見込まれて桶田動物園で働くことになったアリーゼさんのショーは毎日満員御礼、予約券まで発売する大人気ぶりなんです！」

テレビ内でアリーゼが手を振ると、周りの客から大歓声が巻き起こる。

「……なんか彼女、動物園で面倒見て貰ってるみたいね」
「え、えぇ……しかし僕たちとはぐれて不安に違いない。一刻も早く会いに行かなければ」

曇りのない笑顔で動物たちと戯れるアリーゼ。
ナツメには全く不安そうには見えなかった。
アルベルトもそう言いつつ、また似たようなことを考えていそうな顔である。

「現在アリーゼさんはテレビに雑誌にと引く手数多《あまた》で、中々会えないそうですよ。我々もアポ取りには本当に苦労しました」

ナレーションに合わせ、現在問い合わせは受け付けておりません、とテロップが流れる。

どうやら問い合わせが殺到しているようだ。

「……なんか結構忙しそうね」

「……えぇ、少し落ち着いてからの方がいいかもしれません」

二人がテレビを見つめる中、ロイドはリンゴをシャクシャクと齧《かじ》っていた。

◇

「アリーゼが現れたのはこの辺りだな」

数日後、アルベルトとロイドは件の山を訪れていた。

「えぇ、今は魔力溜まりが消えているようですが」

焼け焦げた大木をペタペタと触るロイド。

そこからは以前のような魔力を感じなくなっていた。

「ふーむ、あの時一気に魔力が吹き出した結果、魔力溜まりが涸《か》れてしまったのだろうか。やはりこの世界では魔力は存在し辛いようだ」

自然界に存在する魔力溜まりは大地の魔力が地表に噴出し、溜まったもの。なくなれば当然涸れる。

一応『火球』の発動を試みるアルベルトだが、やはりというかうんともすんともいわない。

「ちなみにアリーゼ姉さんはここへ来る直前は塔にいたそうですよ。突然光に包まれ、気づいたらここに居たとか」

「なるほど。魔力溜まりが溢れたのがきっかけ、か」

ふむと考え込むアルベルト。魔力溜まりのような凄まじい魔力の奔流する空間では、何が起こるか分からない。

不規則な魔力の動きが術式を介す必要もなく様々な現象を引き起こし、たとえば次元の扉を開き異世界のものを呼び出すこともあると言われている。

思えば自分たちがこの世界へ飛ばされた時もとてつもない魔力の奔流を感じたし、恐らくアリーゼも同様の現象に巻き込まれたのだろうとアルベルトは推測する。

「そうして発生した次元の扉があちらとこちらの世界を繋いだ、か。しかし僕たちだけならまだしもアリーゼまでとは、偶然にしては出来過ぎな気がするな……」

分析しながらもううんと唸るアルベルト、その傍らでロイドもまた唸っていた。

「うーん、空間系統魔術はやはり難しいな。そろそろこっちの生活にも飽きたし、しれっと戻ろうと思ったけど、逆にアリーゼ姉さんを呼び出してしまうとは……俺もまだまだだな。とはいえそれだけ魔術の深淵《しんえん》は深いって事だ。全く魔術ってやつは極め甲斐があるなぁ。うんうん」

「ん？　何か言ったかいロイド」

「な、何でもありませんよアルベルト兄さん！　あは、はははは……」

誤魔化すように笑うロイドに、アルベルトは小首を傾げる。

「ともあれ鍵は魔力溜まりだな。上手く魔力の流れを操って次元の扉を生成、操作できればあちらの世界に戻れるかもしれない……だがそれにはもっと大きな魔力溜まりを見つける必要がありそうだ」

次元の扉を開く程の高度な魔術はアルベルトには使えない。

しかし先日のものよりも大きな魔力の奔流を見つければ、その流れを操作することで一瞬だけ開くことが出来る……かもしれない。

どちらにせよ元の世界に帰るには、やるしかないのだ。

ようやく手段と目的が見えてきたのは前進だな、と考える。

「インターネットで調べたがこの辺りには大きな神社があり、パワースポットとして有名らしいな。そして検索するとこの世界にはそんな場所が幾つもあるようだ。そこは魔力溜まりになっている可能性が高いだろうし、行ってみる価値はありそうだが……問題は金だな」

頭を抱えるアルベルト。

スマホを買ったこともあり、今は生活費だけでカツカツである。

この世界では生きていくだけで金がかかるし、旅行となると数十万円という凄まじい費用がかかる。

現状ではとてもそれらの費用を捻出する余裕はない。

「しばらくは貯金生活だな……」

アルベルトは遠い目で空を見上げるのだった。

◇

ぶるるるる、と山を降りて帰ろうとするアルベルトのポケット内でスマホが震える。

発信相手はナツメだった。

「あ、よかったアルベルト、やっと繋がったわ！」

「ナツメさん。どうかしましたか？」

「どうもこうも一大事なのよっ！　とにかく今すぐ来てくれる⁉」

随分慌てた様子のナツメ。

一体何が起こったのだろうかと思いつつも、アルベルトは急ぎローゼンベルク号に跨るのだった。

◇

「店長が腰を痛めて休み、ですか。僕に急遽《きゅうきょ》バイトに入って欲しいと」

ローゼンベルク号を走らせTSURUYAに辿り着いたアルベルトを迎えたのは、ナツメのそんな一言だった。

慌てていた割には大したことではなさそうで拍子抜けするが、ナツメは真剣な顔のまま言葉を続ける。

「ええ、しかも今日は講文社のコミック発売日、しかも超人気作の『京リベ』の新刊がある。ホラ、もうレジが混み始めているわ」

人気漫画を多く抱える講文社コミックの発売日は多くの客が訪れる。

特に『京リベ』は今かなりの勢いで売れている人気作。

そんな日に一番頼りになる店長が不在というのは大ピンチだ。

ナツメの言う通り、まだ開店直後にもかかわらずレジには多くの人が並んでいた。

「なるほど、これは確かに一大事だ」

「いーから、早く着替えて！」

「はい、ただいま」

　アルベルトは素早く前掛けを着けると、早速売り場に入るのだった。

「新刊、まだ全然並べてないからよろしくっ！」

「了解です。売れ筋からどんどん並べていきますね」

　運搬用カートを手にダッシュするアルベルト。

　バックヤードに置かれた新刊の山をバラしていき、表書きと相違ないかチェックを行う。その都度カートに本を載せては、どんどん売り場に運び的確に並べていく。

　コミック新刊の発売日ともなれば当然本の入荷数は多く、本来なら開店前にやっておかねばならないのだが店長不在の為滞っていたようだ。

　大急ぎで並べなければ、新刊を求めてきたお客様に申し訳が立たないというもの。アルベルトは手早く作業を進める。

「む、発注したのと違う本が入っているな」

事故の際は取次《とりつぎ》にすぐ連絡し送り返さねばならない。もちろん今は忙しいので手が空いた時に行う。

新しい本を並べる際は動いていない（売れ残った）本を裏に引っ込め、こちらも後で返品する。

これらの作業は結構な力仕事だ。

この店は比較的女性店員が多く、力仕事は男であるアルベルトか店長がいなければ遅々として進まない。

「ふぅ、こんなところか」

新刊がずらっと並んだ売り場コーナーを見て、アルベルトは満足げに汗を拭う。

綺麗に並んだ本をいい気分で眺めているのも束《つか》の間《ま》、すぐにナツメから呼び出しが入る。

「ごめんっ！　出版社の人が営業に来ちゃったから対応してくれる⁉」

「すぐ行きます」

本屋には出版社の営業が来ることが稀《まれ》にある。

お勧め作品の宣伝や販促、キャンペーンのお願いなど、本屋としても無下にするわけにはいかないのだ。

すぐに事務所に向かうと、小太りの男が頭を下げてきた。

「忙しいところ申し訳ありません。……おや、店長さんは？」

「すみません、体調を崩しておりまして。アルバイトでよければ対応いたします」

「あ、はいこれはこれはご丁寧に。もちろん構いませんとも。私、こういう者です」

「ありがとうございます。よろしくお願いいたします」

名刺を受け取ったアルベルトは営業へお茶を出すと、話を聞き始めた。

最初はバイト相手にも分かりやすいようにと細々と説明していた営業だったが、すぐにアルベルトがかなりの知識を持っていると気づいたのか、専門的な話を交えていく。

打てば響くようなアルベルトとの会話に営業のギアは一気に上がり、高度な話し合いが展開されていた。

「昨今の売れ筋ジャンルは比較的安定傾向ですが、ずっとこれで勝負できるとは我々も思っていません。ですが無暗《むやみ》に他ジャンルに手を出すのも危険。そこで従来の人気ジャンルに新鮮さをプラスした作品を売り出そうとしています。こちらの作品は編集部でも評判がよく、まだ読者さんはついていませんがきっと跳ねてくれると思っています。お力添えを頂けませんか？」

「ふむ、その作品に関しては私個人としても注目していました。ネットでもコアなファンが付きつつあるようです。編集部さんがその気でしたら連携はお任せください。というか僕が売り場を担当したいくらいだったのですよ。店長にお願いしてみましょう」

「おおっ！　ありがたいです！　実はそれ以外にもこういうのが……」

営業対応は白熱、十数分後には二人は固い握手を交わしていた。

「――いやぁ、本日はありがとうございました。紹介させて頂いた書籍はいずれも弊社一押しでして、入荷を検討して頂けると幸いです」

「とても勉強になりました。色々と素晴らしい情報をありがとうございます。バイトの身で何が出来るかわかりませんが、店長には必ず伝えておきます」

「それは有難い。アルベルトさんの話なら店長も聞いてくれることでしょう」

「はっはっは、買い被りです」

「はっはっは、ご謙遜を」

二人は笑い合いながらもう一度握手を交わすのだった。

営業に別れを告げるとアルベルトはすぐに売り場へ戻る。

レジを見ると休憩出来ずに立ちっぱなしだったナツメがフラフラしている。

「代わりますよ、ナツメさん」

「あ、ありがと……アルベルトは大丈夫？」

「営業さんと話をしながら、お茶をしましたので」

ぱちんとウインクをするアルベルトと軽くタッチをし、ナツメはレジを代わる。

それから一時間半にわたってレジ打ちは続き、ようやく客が途切れる頃には昼過ぎになっていた。

パートさんたちもチラホラ出勤し始め、売り場もようやく落ち着いてきたようである。

「ふぃー、そろそろ昼ごはんにしよっか」

「そうですね……と言っても急いで来たのでお弁当を持ってきてないのですが……」

いつもであればアルベルトは弁当を作ってくるのだが、今日は突然呼び出された為用意が出来なかったのだ。

ナツメは構わずその手を引く。

「いいからいいから、お腹空いてるでしょ」

「それはまぁ……」

事務所に入ったナツメが徐《おもむろ》にロッカーを漁ると、大きな包みを取り出す。器の蓋を開けるとそこには不恰好なおにぎりが六つと、野菜炒めが入っていた。

「これを僕に、ですか？」

「急に呼び出したんだから、これくらいはね。ホラ、ロイド君と分けて食べなよ。アルベルトがいつも作っているようなお弁当に比べたらイマイチかもしれないけどさ」

「……とんでもない。ありがたく頂きます」

アルベルトが礼を言うと、ナツメは少し頬を赤らめた。

少し遅めの昼食が終わってひと息吐いていると、パートさんの一人が駆け込んで来た。

「あら二人とも休憩中だったのね」

「そろそろ戻ろうと思っていたところでしたが」

「そうかい？　そりゃ助かるよ。実はちょっとその、困ったことが起きててねぇ……来てくれるかい？」

「すぐに行きましょう」

困り顔のパートさんに、アルベルトは立ち上がりついて行く。

連れて行かれたのはバックヤード。そこに置かれたカートには新刊が積み重ねられている。

「本を売り場まで運ぼうとしてたんだけど、いきなりその、カートが壊れちゃったのよ」

「あらら、ぱっかり割れちゃってるわね……」

見ればカートは本の重さに耐えかね、土台部分に大きなヒビが入っていた。

しかもその歪みでタイヤ周りも壊れており、まともに動かなくなっている。

これでは本を載せて運ぶことは難しいだろう。

「ごめんねぇ、本を載せすぎちゃったかしら」

「いいえ、元々かなりガタが来てましたから仕方ないですよ。すぐに新しいカートは注文するとしても、流石に新刊は今日中に並べないと……」

うーん、と唸るアルベルト。まだ新刊は三割近く残っており、そろそろ仕事や学校が終わった人たちが本を求めに来るピーク時間だ。

それまでに何とか新刊を並べたい所だが、これでは難しいと言わざるを得なかった。

「このままじゃ新刊が売れ残っちゃうかも」

「困ったわねぇ。発売日が一番売れるのに」

売る時期を逃した本は高確率で在庫となり、また梱包《こんぽう》して送り返さねばならない。しかも一円にもならず、手間がかかるだけなのだ。何とか避けたい。

皆が頭を抱える中、アルベルトが前に進み出る。

「大丈夫、ここは僕に任せて下さい」

そして胸をドンと叩き、爽やかに笑った。

◇

「……それにしても、ちょっと意外だと思わない？」

「あ、わかるわかる。アルベルト君って器用というか何でもさらっとスマートに対処しちゃうから、今回もそうするのかと思っていたけど……」

「うんうん、なんていうか……地道よね」


パートさんたちがレジ打ちをしながら、アルベルトの仕事ぶりを見て小声で話す。

カートが壊れ、それでも本をバックヤードから持ってきて並べなければいけない状況でアルベルトが取った手は至極単純。人力による運搬である。

数十冊、持てるだけの本を抱えては売り場に走り、並べる。

それを何度も繰り返すアルベルトの額には汗が滲《にじ》んでいた。


らしくないな、とナツメは思った。

いつものアルベルトなら冷静、かつ手際良く問題を解決するような手を取るだろうが、あんな地道で泥臭い手段を講じたのはナツメには意外に思えた。


「ほう、大したものですね」

ナツメのすぐ後ろにいたのは、杖を突き腰を屈めたニコルである。

「叔父さんっ⁉　いえ店長……その、大丈夫ですか？」

「えぇ……いや、あまり大丈夫ではありませんが……どうにも店が気になりまして。……いてて」

ヨロヨロしながら腰を押さえるニコルをナツメが支える。

かなり無理をしているようで、その顔色はかなり悪い。

「ナツメ君は不思議がっているようですが、アルベルト君はいつも通りクレバーですよ」

「どういうことです？」

「一見無思慮で愚直な行動に見えますが、彼は全て計算の上でやっているのです。……まぁ見ていて下さい。面白い事が起こりますよ」

「？」

首を傾げながらもナツメが作業の様子を見守っていると、一人の女子高生がアルベルトに声をかけた。

「あの、それ下さい」

「はい、ありがとうございます」

笑顔で本を手渡された女子高生は、少し恥ずかしそうに本を抱えレジまで走る。

それに触発されるように他の客たちもアルベルトに声をかけ始めた。

「それ、貰えます？」

「こっちもくださーい」

「俺も俺も」

「はい、ただいま！」

アルベルトは言われるがまま、客たちに本を渡していく。

「な、なんで……？」

「手作業での陳列はどうしても時間がかかる。最初は並べるのを待っていても、しびれを切らして直接店員に声をかける方もいるでしょう。その時アルベルト君が手渡しすればどうしても時間がかかり、人が常に集まっている状態になります。人が増えればそれに興味を引かれた人たちも集まってくる。集団心理を上手く突いた見事な作戦です」

更に付け加えるならば、ここTSURUYAにはアルベルトのファンと言うべき女性客が少なからず存在する。

そんな女性客がアルベルトに手渡しして貰える機会を見逃すはずもなかった。

本を手に取った客で、レジはあっという間に混み始める。

「あのー、これ下さい」

「は、はい。ただいまっ！」

慌ててレジにつくナツメ。それを見てニコルはふむと頷く。

「それにしてもあのやり方、以前私が言ったものと同じですな。あれは冗談だったのですが……」

ニコルの視線に気づいたのか、アルベルトがこちらを見てウインクをする。

あとは任せろと言わんばかりの頼もしい顔であった。

「……ふっ、敵いませんな」

それを受け、ニコルは苦笑しながらＴＳＵＲＵＹＡを後にするのだった。

◇

翌日、事務室に呼び出されたアルベルトに告げられたのは、昇進の言葉だった。

「突然ですがアルベルト君、君にバイトリーダーを任せようと思います」

「バイトリーダー……つまり皆のまとめ役ですか？　しかし僕のような新参では……」

「君の仕事ぶりに文句をつけるような者はいませんよ。むしろ遅すぎるくらいです。つきましては役職手当として時給五十円アップとします」

「時給五十円、ですか……！」

驚愕に目を丸くするアルベルト。

「すみませんな、少なくて。ですが今のご時世、中々給料も上げられんのですよ。かくいう私も安月給で働いている身でしてね……オホン、まぁ業務上の責任も増えますし、負担

転生したら
本日

も多い。嫌ならもちろん断ることも出来ますが」

実際問題、昇進の打診を断る者はそれなりにいる。

仕事量と責任が増える割に得られる手当は極少、受けてくれてもすぐにしんどさを訴えて辞める者も多い。

ニコルとて本が好きでなければ、面倒な店長などやってはいないだろう。

アルベルトは弟の面倒も見なければならないし、そうでなくても慣れない日本での生活だ。

断られるだろうか、とニコルは諦めかけていた。

「一日八時間で四百円、一月の出勤日二十日で八千円……いままでは生活費だけでカツカツだったが、これなら月に八千円、いや時間を増やせば一万円は貯蓄に回せるやも……」

何やらブツブツ呟き始めるアルベルト。

しばらく真剣な顔でそうしていたかと思うと、胸元に手を当て、前のめりになりながら言う。

「謹んでお受け致します！」

「そ、そうですか……」

目を輝かせるアルベルト、あまりの勢いにニコルは若干引いていた。

ともあれこうして、アルベルトはバイトリーダーになったのである。

◇

「おー、ここが桶田動物園ね」

ある日、ナツメたちは桶田動物園を訪れていた。

「動物園なんて小学生以来かもー。懐かしー」

「しかし良かったんですかナツメさん。わざわざ連れてきて頂いて」

「いーのいーの、次は動物ネタで攻めようと思ってたから、取材みたいなモノよ」

ナツメは気にするなとばかりにパタパタと手を振る。

妹と別れたアルベルトを可哀そうに思ったナツメは、二人を誘ってここまで連れてきたのである。

「でもよく考えれば、閉園日なら普通に会えるわよねー」

「えぇ、盲点でした。見事だったぞロイド」

そう言ってロイドの頭を撫でるアルベルト。

アリーゼがここで働き始めたことで客が急増しており、落ち着くまで様子を見ようという話だったが、閉園日なら問題ないのでは？　とロイドが提案したのだ。

「(この世界には魔力はないが、それを感知することは可能。アリーゼ姉さんは魔術は使えないが、天然の魔力勘が優れている。以前は慌ただしくて聞けなかったがアリーゼ姉さんはこの世界を、あるいは次元の扉をくぐる感覚をどう感じているのだろう。詳しく聞ければ魔術に対する新たなアプローチが出来そうだ。気になるなぁ。放っておいたら夜もあまり寝られないぞ)」

何やらブツブツと呟くロイド。

「ふっ、ロイドなりにアリーゼが心配だったのでしょう。優しい子ですから」

「なーんか邪《よこしま》な感じがするんだけれど……」

「気のせいですよ。さぁ行こうロイド。愛する妹が待っている」

「はいっ！　アルベルト兄さん！」

何となく二人の考えにギャップを感じつつ、ナツメもまた二人の後ろをついていくのだった。

◇

「すみませーん、少しいいですかー？」

呼び鈴を鳴らすと、すぐに駐在の職員が出てきた。

黒髪ショートカットの女性で、どこか幸薄そうな顔をしている。

控えめな胸元で揺れる名札には江理州《エリス》と書かれていた。

「はい、いかがなされましたか？」

「実はこちらにいらっしゃるアリーゼさんに用がありまして……あぁちょっと、閉めないで！」

エリスが扉を閉めようとするのを、ナツメが慌てて止める。

「すみませんがアリーゼ様には誰も取り次げません」

「まさかの『様』呼び⁉　どういう扱いなのっ⁉」

驚くナツメにエリスはため息を吐きながら説明をする。

「あの時逃げ出した虎の担当は私でして、連れて帰っていただいて本当に感謝しているのです。あぁあの時のアリーゼ様は風の谷の姫君のように美しかった……」

エリスはうっとりした顔で目を細める。

風の谷の姫君って、ベタな……いや私も好きだけれども。……と、ジト目を向けるナツメ。

そんな視線に気づいてか、エリスはすぐに我に返るとコホンと咳払いをした。

「……そ、そんなアリーゼ様ですが、我々と言葉も通じず困っていた様子でした。記憶も曖昧のようで帰る場所も分からない様子だったので、今はウチの園で面倒を見させて貰っているのですよ」

「へぇー……でもなんで様付け？」

「それはその、何となくですが」

「あ、でもわかる。高貴なオーラ出てるもんね」

思わず同意する。

アルベルトもまた、パートさんやお客さんの一部から様付けで呼ばれていた。

曰く——仕えたくなる。お世話させて貰いたい。絶対高貴なお方よ。とか。

ナツメもまた似たような気持ちから世話を焼いていた部分もあり、エリスがそう呼ぶ気持ちも理解できた。

「……とにかく、アリーゼ様は日々のお仕事でお疲れです。休園日くらい休ませてあげてください」

「そこを何とかっ！　お願いっ！」

「ダメです。今日の所はお引き取りを——」

言いかけたエリスの手をアルベルトが取る。

「アリーゼは僕の妹なのです。きっと寂しい思いをしているはずです。会わせて頂けませんか？」

真剣な眼差しでエリスを見つめるアルベルト。

その言葉にエリスは目をトロンとさせ、頬を紅潮させている。

「貴方の、お名前は……?」

「……? アルベルトと申します」

「アルベルト様……どうぞ、こちらへ」

先刻までの強固な態度はどこへやら、エリスはアルベルトの手を引き園内への扉を開く。

その変わり身の早さにナツメはドン引きしていた。

「なんという美しき方……『剣君《けんきみ》』の絶対美人様のよう……」

うっとりした顔で呟くエリスが口にした言葉に、ナツメはどこか聞き覚えがあった。

「『剣君』……確か乙女ゲームだっけ? 正式なタイトルは『美しき剣の君、薔薇《ばら》のなんちゃら～』みたいな」

「むっ、知っていますか⁉ いやぁ名作ですよねぇ。特に絶対美人ツァーリベルク様は歴代屈指のイケメンです」

鼻息を荒くしながら力説するエリス。

ナツメはそのゲームをプレイしたことはないが、思い出してみるとパッケージにいたイケメンの一人がアルベルトと少し似ていたような気がする。

「他にも魅力的なキャラが沢山です。是非やってみられては⁉」

「お、おう……今度やってみるわ」

もしやこの人、男女問わず美形に弱いだけなんじゃあ、とナツメは思った。

◇

「アリーゼ様はこちらにいらっしゃいます」

案内されたのは園内外れにある宿泊施設だった。

木造りの趣ある建物で、外から見た感じは六部屋の１ＤＫの木造アパートといった具合である。

「僕の社員寮より少し小さいな……」

「十分広いと思うけど……」

「アリーゼ姉さんは兄弟でも最も広い場所に住んでたんだよ。やたらと動物に好かれるからそれくらいの敷地が必要だったんだ。こんな小さな宿舎じゃ、結構不自由してるかも」

「そういえばやたら動物が寄ってきてたね」

以前山で会った時、アリーゼが歩くたびに様々な動物が寄ってきていた。

そう考えれば普通の家では生活し辛いだろうと納得する。

……というかこの兄弟、どんな暮らしをしていたんだろう。もしや本当に高貴な人たち？　結構無礼なこともしたし、あとで怒られやしないかしら、とナツメは少し心配になる。

そうこうしているうちにエリスがカギを開け、扉を開ける。

「こ、これは……⁉」

手狭な部屋を想像していたアルベルトの目に飛び込んできたのは、吹き抜けの大広間。

六部屋どころか四部屋ぶち抜きの大広間で、天井もあり得ないくらい高い。

外からは想像も出来ないような広すぎる部屋だった。

「……なんですかこの部屋、端的に言って広すぎでは？」

「この部屋、会議とかイベントとかで使っていた部屋なんですよ。アリーゼ様はこちらで生活しています。えぇそりゃあもう、不自由なんてさせられませんから」

よく見れば部屋の隅には冷蔵庫や洗濯機などの家電、ソファやベッドなどが置かれており、生活感もある。

すごい待遇だ。それくらいの仕事はしているのだろうけど。

「しかし……アリーゼ姉さんはどこにもいませんよ？」

ロイドが部屋を見回すが、アリーゼどころか人影一つ見当たらない。

「むぅ、アリーゼ様ったらまた勝手に出歩いて……どうやら園内に出ている様子、捜しに行きましょう」

「しかし園内は広い。闇雲に捜すのも非効率的では？」

「！　ねぇこの羽根、これってオウムのものじゃない？　前に彼女が肩に乗せていたしさ」

ナツメが拾い上げた色鮮やかな羽根を見て、エリスは頷く。

「……うん、間違いありません。アリーゼ様はきっとオウムのいる鳥園に行ったんですよ！　行きましょう！」

駆け出すエリスに、皆はついていくのだった。

◇

動物園の北にある鳥園、そこの真ん中にオウムが何羽もいた。

「オハヨー！　オハヨー！」

「おはよう皆、アリーゼ様は来てないかしら？」

エリスの問いにオウムたちは一斉に首を縦に振る。

「キタ！　キタ！」

「デモモウカエッタ！」

「どこに行ったかわかる？」

「トラ！　トラ！」

「なるほど……どうやら虎の檻に行ったみたいですよ」

オウムたちから話を聞いたエリスが移動しようとする。

しかしその様子を見たナツメは頭を押さえながら言う。

「ちょ、ちょっと待ってエリスさん。オウムってここまで会話出来るもの？」

「あぁ、アリーゼ様がオウムたちに教えたんですよ。そうしたこの子たち、喋れるようになったんです」

しれっと答えるエリスだが、話すだけならまだしも会話が出来るオウムなんてテレビで二、三回見た程度だ。

しかもその時ですら、ここまでしっかりした受け答えは出来ていなかった。

「アリーゼは動物と心を通わせられますからね。これくらいなら出来てもおかしくはありませんよ」

「うん、早く行こう」

アルベルトとロイドは全く気にすることなく駆け出す。

「えぇー……これってツッコんじゃダメなやつ？」

腑《ふ》に落ちなさを感じながらも、ナツメもそれに続くのだった。

◇

次に着いたのは虎の檻。エリスらが来ると近くに寄ってくる。

「グォォォルルル……」

「よしよし、アリーゼ様はどこに行ったかわかるかしら？」

「ガオウ！」

虎はエリスに応えるように、首を持ち上げて向こうを示す。

「こっちみたいですよ」

「行きましょう」

「いやいやいやいや、おかしいから」

何事もなく移動しようとする皆に、今度こそナツメがツッコむ。

「百歩譲ってオウムはわかる！　でも虎は言葉を理解しないでしょ！　どう考えてもっ！」

「してるじゃないか」

「しているけれどもっ！」

とはいえ実際に理解しているのは事実であった。

「……ていうかあの虎、やけに歯が綺麗じゃない？」

「あぁ、アリーゼ様が磨いてくれたのでしょう。いつものことですよ」

「しれっと答えてるけど、メチャクチャ超危険だよね⁉」

「いつものことです」

エリスの答えにナツメはそれ以上ツッコむのを諦めた。

「……ま、まぁいいわ。行きましょう……」

「ガウ」

虎に見送られながら、ナツメたちは次の目的地へ向かうのだった。

◇

「今度はライオンの檻……」

「アリーゼ様はどこに行ったか分かる？」

「グォォォウ！」


先刻と同じように首で方角を示すライオンだが、それよりもナツメは他のことに気を取られツッコむどころではなかった。

ライオンのたてがみは見事に整えられ、ふわふわにカールされていた。


「あのー、まさかそこのライオンさんのたてがみを整えたのも……？」

「アリーゼ様です」

「ですよねー」

まぁそうなんだろうな、とナツメは思った。

もはやなんでもアリだな、とも。

◇

次に向かった先はワニのいる池である。

先刻同様エリスが尋ねると、ワニが首を振って方向を指し示す。

もはやナツメも慣れており、それ以上のリアクションはしなかった。


「……ん？」


ふと一匹のワニがこちらに近づいてくる。

ワニたちは二本足で壁に立ち、自分たちで階段を作ってナツメの元まで登ってくる。その口に咥《くわ》えているのはココナツの実だ。

軽く噛んだのか穴があけられており、中からは水分が溢れている。


「えーと……飲めってコト？」


ナツメの問いにワニは頷く。

受け取ったココナツを飲み干すと、甘い味が口いっぱいに広がった。

気が利きすぎである。そりゃ言葉も理解するわ、とナツメは逆に納得した。

「いやぁ、とんでもない妹さんね。こりゃー動物園も流行るワケだわ」

「自慢の妹ですよ。とはいえやはり心配ではありますが……む？」

突然空を見上げるアルベルト。ナツメも釣られて見ると、鳥の群れが飛んでいる。

否、飛んでいるというよりは——飛ぼうとその場で羽ばたいていた。

よく見れば各々の鳥の脚には紐が結ばれており、その先端が束ねられた所には人影があるではないか。

そこにいるのはドレス姿の薄紅色の髪の少女、アリーゼであった。

「アリーゼ⁉　一体何故空中に……？」

困惑するアルベルト。彼女が何をしているのか不明だが、ともあれアリーゼを見つけたのは事実。

アルベルトは駆け寄り、声を上げる。

「おお——い！　アリーゼ——！」

「アリーゼ様ぁ――――！」

しかし距離が離れており、アリーゼは気づかず鳥たちに引かれてゆっくりとだが上空に舞い上がっていく。

「くっ、随分高くまで上がっているな……これでは声も届かないか」

「何してるのかは分からないけど……ま、そのうち降りてくるんじゃないの？　自分で飛ばしてるんだろうしさ」

「……いいえナツメさん、今の時間はマズい」

楽観的なナツメと対照に、エリスの顔色はよろしくない。

アリーゼを吊るしている鳥たちがざわめき始めたからだ。

時間……？　とナツメたちが首を傾げていると、エリスが声を上げる。

「やっぱりだ。今は午後三時、丁度トンビが活動を開始する時間です！」

ピーヒョロロ、と特有の声で鳴きながら大空を旋回する大型の鳥――トンビ。

山に巣を作り昼から夕方にかけ狩りを行うこの鳥は、自分より小さな動物などを襲って喰《く》らう。

ここ桶田動物園は山の中にある為、その数も多いのだとナツメは気づく。

今エリーゼを飛ばせている小さな鳥は、トンビにとって十分狩猟の対象である。

「！　トンビが！」

「鳥たちが警戒しています。あのままでは……」

上空のトンビが飛び方を変え、鳥たちに近づいていく。

それに驚いてバラバラに飛ぼうとする鳥たち。乗っていたアリーゼのバランスが崩れた。

「アリーゼ！」

慌てて駆け出すアルベルト。しかしそれよりも早くアリーゼは宙に放り出される。

「きゃあああああっ⁉」

悲鳴を上げながら落下するアリーゼとアルベルトらの距離はどう見積もっても百メートル以上。

間に合わない、ナツメがそう思った時である。

パチン、と何かが弾《はじ》ける音が聞こえた。

直後、木々が大きくざわめく程の突風が吹く。

風はアリーゼの身体を森の辺りまで運び、彼女はどさどさどさっ、という音と共に木々の上に落下した。

「アリーゼ！　大丈夫か⁉」

すぐに木によじ登り、アリーゼに声をかけるアルベルト。

その声にアリーゼは呻き声を漏らす。

「いっ、たたた……」

どうやら枝に引っかかっただけのようで、意識もあるようだ。

一安心するナツメの横で、ロイドもまた安堵したように息を吐く。

「ロイド君てば、いつもぼーっとしてると思ったら意外と姉思いなのね……でもなんでいきなりあんな強い風が吹いたんだろう。それにさっきまでとは風向きも違うように思えたけれども……」

首を傾げるナツメだが、ともあれ無事でよかったと安堵していた。

◇

こうして助け出されたアリーゼは奇跡的に擦り傷一つなく、無事であった。

「(アルベルトお兄様、心配をおかけしました)」
「(全くだ。……しかし何故こんなことを?)」
「(アルベルトお兄様たちに会いたくて、それで鳥さんたちにお願いして空から捜そうと……)」
「があっ！」

いつの間にか集まってきていた鳥の群れが、そうだとばかりに頷く。

「(とても、とても心細かったのです。動物たちは仲良くしてくれるし、他の方々も良くしてくれますが、ここがどこかも分からないし言葉も通じない。不安で、とにかくアルベルト兄様たちと会いたくて……)」

「(アリーゼ……)」

涙ぐむアリーゼを、アルベルトは優しく抱き寄せる。

「(あぁ、あぁ、すまないアリーゼ。心配をさせてしまったな。だがもう案ずることはない。これからはいつでも会えるさ)」

「(アルベルトお兄様ぁ……！)」

そしてもう一度、固く熱く互いを抱き締める。

「全く聞き知らぬ言語での会話と共に行われる感動の抱擁、何とも言えぬエモさだわ。まるで『タイタニーア』の名場面みたい……！」

それを見て涙ぐむエリス。

確かにそれは映画のワンシーンのようであった。

「(では、アリーゼ)」

「(はい、アルベルトお兄様)」

二人はしばらくそうしていたが、ポケットからスマホを取り出し、いそいそとＬＥＩＮを交換し始める。

いきなり現実に引き戻され、エリスの涙は止まっていた。

「……名シーンが台無しですね」

「まぁＬＥＩＮ使えばいつでも会えるけれども……」

なんだか締まらないなぁと思うナツメであった。

ようやく出会えたアリーゼと楽しく話をしていると、あっという間に別れの時間がやってきた。

「では、これからもアリーゼをよろしくお願いします」

「はい、お任せ下さいませ」

丁寧にお辞儀をするアルベルトとエリス。

流石に寮に住まわせるわけにはいかないし、もうここで働いているのだから一緒に住む必要はないだろうという話になったのである。

まぁいつでも会えるだろうし、問題はないだろうなとナツメも思った。

「マタキテネ！　マタキテネ！」

アリーゼの肩のオウムが翼を振りながら別れを告げる。

「そういえばアリーゼちゃんは日本語喋れないのね。オウムに代わりに喋らせてるし」

「日本語は難しいですからね。僕たちでも結構時間がかかりましたし、アリーゼでは時間がかかるかもしれません」

「いや、サクッと覚えてましたけどっ⁉」

思わずツッコむナツメ。

とはいえ失礼を承知で言えば、あの子はアルベルトたちに比べると、そこまで賢そうな感じはしない。

そりゃまぁ誰もがあんな言語修得レベルなわけがないかと少し安堵する。

「……ん？　でも動物たちは日本語で喋れてるわよね。アリーゼちゃんは外国語しか分からないはずだし、普通に考えれば動物たちもそっちの言葉になるはず……あれれ？」

つまりは動物は二ヵ国語が扱えるということだろうか。動物本来の言葉を合わせれば三ヵ国語……？

いやいやいや、そんなはずは……でも実際に使っているし……。

頭を抱えるナツメの疑問に答えるものは何もなく、ただピーヒョロロロとトンビの鳴き声が空に響いていた。

◇

「……うーん、今度こそ大丈夫だと思うけど……いやしかしまだ足りないものが……いやこれ以上は描写過多かも……むむむぅ……」

スマホを手に、アルベルトの部屋の隅で、ナツメがぐるぐると歩き回っている。

普段通り朝食を食べにきたわけだが、今日はもう一つ重要な用事があった。

だがまだ覚悟が決まらない。ウロウロするナツメを見て、アルベルトとロイドは首を傾げている。

「一体何をしているんでしょう？　アルベルト兄さん」

「全く見当が付かないな……まぁ朝食が冷めてしまうし、僕たちだけでも先に食べるとするか」

二人が食事に手を伸ばそうとしたその時、ようやくナツメは決心を固めた。

「ねぇっ！　ちょっとこれ、二人に読んで欲しいんだけれどもっ！」

スマホを差し出し二人に見せる。

画面には『ようこそ！　異世界モフりパークへ！』と書かれたタイトルの小説が書かれていた。

「これは……もしや新作小説ですか？」

「……うん、アリーゼちゃんをネタにした話よ。私、動物も好きだしさ。いわゆる動物モノってヤツ」

ノベマスでは一定の人気を誇るジャンル、いわゆる動物モノである。

今までも読者を得る為に幾度か人気ジャンルに手を出したナツメだったが、今作は書こうとしたものを書いた結果、人気ジャンルになったのだ。

おかげで若干ジャンルの定石から外れてしまった感があり、ちゃんと受け入れられるか不安だったのである。

何度も読み直しているうちに混乱してきたナツメが考えに考えた末に出した結論は、以前アドバイスしてくれた人——つまりアルベルトとロイドに感想を貰うということであった。

二人はナツメに言われた通り、作品を読んでいく。


「読んだよ」

「僕もです」

「相変わらず速いわね……で、どう?」

ドキドキしながらもナツメは問う。

アルベルトは少し考えて答える。

「面白いです。ナツメさん特有の動物像が書けており、ただ可愛いだけじゃなく一見奇妙な行動がリアリティを伴っている。特にこの猫型の魔物が毛繕いをしようとして、毛玉を飲み込んでいる描写とか、必死感が出ていてクスッと笑えますね」

「俺もいいと思うよ。この小説からはフワッとした不特定多数の誰かではなく、リアルな動物を良く知る人たちに読んで欲しいという熱が伝わってくる。俺は常々良書というのは作者の熱がどれだけ伝わるかだと思っている。その観点で見るとこれは間違いなく良いモノだ。面白かったよ」

「な、なんかアリガト……」

二人の言葉は前回よりも、明らかに良い評価だった。

真っ直ぐに褒められてナツメは顔を赤らめる。

相変わらず理屈っぽい二人だったが、それ故に具体的な賞賛の言葉となっており、ナツメの胸に強く刺さった。

「で、その作品を今から投稿するのですね」

「うん……二人の意見は嬉しかったし、私自身も手応えは感じてる。でもこれでダメならもう手の打ちようがない、なんて思っちゃってさ。今までの作品は、投稿する前からダメかもと思うところもあったから諦めもついてたんだけど、今回は自信作だから、逆にね……あはは」

誤魔化すように笑うナツメに、アルベルトとロイドは言う。

「ナツメさん、プロになるまで書き続ければ、いつか夢は叶うって自分で言っていたじゃないですか。たとえこれがダメでも関係ない。ただ為すべきことを成す、それだけの話でしょう」

「そうそう、ダメでも死ぬわけじゃないんだし、気楽に投稿しちゃえばいいって」

「そ、そんなダメ前提で言わなくたって……」

どんどん声が小さくなるナツメ。

とはいえ本人もただ背中を押して貰いたいだけなのは自覚していた。

二人はそれを知って、押してくれているのだ。


「大体書いた以上、発表しない選択肢はないでしょう。悩んでいる時間が無駄です」

「……わかったわよ。じゃあ後一回だけ見直して……」

「これ以上見返してもほとんど意味はないよ。誤字脱字も見当たらなかったしね。それよりも早く投稿し、読者の反応を見た方が得策だって」

「うぅ、じゃあ……、……、……はいっ！」

長い躊躇《ちゅうちょ》の後、ようやく意を決したのかナツメは目を閉じて投稿ボタンをタッチする。

「はぁー……よし！　投稿完了！　さぁご飯を食べましょう！　いただきますっ！」

ナツメはこれ以上考えないようにスマホの電源を切ると、食事を始めるのだった。

◇

そして朝食を終えたナツメたちはいつも通りTSURUYAへ向かう。

「いらっしゃいませー！」

その日のナツメの接客時の声量はいつもの倍近くで、行動もやたらとテキパキ動いていた。

様子を見ていたニコルがアルベルトにこっそり尋ねる。

「アルベルト君、今日は一体どうしたんだい彼女、心ここにあらずという感じなのですが……」

「どうも色々あるようです」

恐らくだが、じっとしていると不安で押し潰されそうになるので、ナツメはそれを打ち消すように声を張り、動きまくっているのだ。

休憩時間だって普段はスマホを触っているが、今日は必ず誰かと話しており、無理にテンションを上げているように見える。

そうでもしないと心が持たないのだろう。

アルベルトも仕事など、不安な時はとにかく動くタイプだったのでその気持ちはよく分かった。


「見守ってあげましょう」

「ふむ……何だかわかりませんが、君がそう言うなら」

そうしてあっという間にバイトは終わり、帰宅時間となる。

かなり動き回っていたこともあり、ナツメは疲れた様子だった。

「さて、帰るとしましょうナツメさん。……ナツメさん？」

声をかけるがナツメは背を向けたままだ。

「……にひっ」

しばし無言でスマホをじっと見つめていたナツメが、不意に白い歯を見せて笑う。
アルベルトはすぐに小説の反応がいいのだと察した。

「どうやら良い感じのようですね？」
「まぁね。なんと、もうブクマが四つも付いているのよっ！」

ナツメが今まで投稿した作品は、いずれも初日からブクマが付くことはなかった。
毎日投稿をして三日、四日でようやくチラホラ付くこともあるくらいで、半日でブクマ四つはナツメとしては新記録である。

「正直言ってメチャクチャ嬉しいわ。ちなみに書籍化するような作品は少なくとも千ブクマくらい。このペースで増えてくれれば一年後には達成できるかなぁ……なーんて」

ブツブツ言いながら続きを更新しているナツメ。それを見たロイドが退屈そうにため息を吐く。

「どうでもいいから早く帰らない？」

「はいはい、わかってますってば……ところでロイド君、更新分も読んでくれてたりする？」

おずおずと尋ねると、ロイドは頷いて「うん。ちゃんと面白いよ」と答えた。

その言葉にナツメは満面の笑みを浮かべる。

「えへへー。ありがと！」

「いいから早くしてよ。お腹減ってるんだからさ」

「はいはい、ごめんねー」

後部座席のロイドに急かされ、ナツメは自分の自転車に乗り込むのだった。

◇

それから一週間、ナツメはスマホを見ては自作に付いたブクマの増減に一喜一憂する日々を送っていた。

更新回数は一日一回、現在のブクマ数は二十まで増えている。

ついでに更新のたびにPVもじわじわと増え、ペース的にはまずまずと言えるだろう。

更に言えば本日更新予定の話はナツメ的にも自信作だ。

召喚獣を操る主人公に、敵が動物愛護の精神を説いてその行動を糾弾してくる話だ。

敵対組織が「お前は召喚獣にばかりに戦わせている、それは虐待だろう」と主人公を糾弾し、召喚獣たちに自分たちの味方に付くよう促すが、彼らは「自分たちは主人公の為に戦っているのだ。その絆を馬鹿にするな」と断るのだ。

そうして主人公と彼らの絆がより深まるという話なのである。

何話も前から召喚獣との絆を描き、敵対組織の傲慢さも描写してきた、序盤で最も力を入れた展開なのだ。

きっとウケるはず。多分、恐らく……。

「今までの話で十分に布石は打っているし、読者にも受け入れられるはず――いけっ！」

鼓舞するように念じ、ポチッと更新ボタンを押すナツメ。

長いため息を吐いた後、いつも通りスマホを仕舞いバイトに向かった。

そうして仕事が終わり――。

「ふぃー疲れた疲れた。さーて、ブクマ増えてるかなー？」

バイトが終わり、普段通りスマホを確認するナツメだったが、ふと表示されたブクマ数に違和感を覚える。

「ん……？　待って待って、これ桁がおかしくない？」

画面に表示されたブクマ数は二百十、更新前の十倍である。

見間違いだと思ったナツメは目をパチパチしたり、画面を付けたり消したりしながらじっっっっくりと見るが、やはり二百十で間違いなさそうだ。

念の為更新してみると、二百十八になった。

「はぁぁぁぁぁぁっ⁉」

突然の大声に隣にいたアルベルトとロイドがビクッと肩を震わせる。

「ど、どうしたんですかナツメさん」

「ぶぶぶ、ブクマがふふふ、増えてる！　すごく！」

「貸して」

ロイドは困惑するナツメからスマホを取り、しばらく動かす。

「何でいきなりこんなに増えてるの？　もしかして変なところに晒されたとか？　あるいはヤバいウイルス踏んで撒《ま》き散《ち》らした？　そりゃエッチなサイトくらいはたまに見てたけどさぁ……」

ブツブツと独りごつナツメの横で、ロイドは納得したように頷く。

「ナツメの小説、どうやらランキングに載ったみたいだよ」

ノベマスにはランキングというものがあり、ある程度ブクマの付いた作品はそれに掲載される。

そして多くの読者はそこから読みたい新作を探す。つまり多くの人の目に触れる機会を得たことで、大量のブクマが付いたというわけである。

「なるほど、そんな機能が……」
「何年もサイト使ってるのに知らなかったの？」
「だってほぼ書く専門だったもの」

長年サイトを使っていたナツメだが基本的にはトップページに載るような超人気作を参

考に読むくらいで、ランキング機能というものを知らなかったのだ。

見れば確かにナツメの作品は日間ランキング二百八十二位に掲載されている。

「てことは……普通に人気が出たってこと？」

「おめでとうございます」

「やったね」

「うん……うんっ！　やったよっ！」

二人の祝福の言葉に、ナツメは飛び上がって喜ぶのだった。

◇

その夜はお祝いということでナツメが二人にケントッキーとケーキを振る舞った。

食卓の中央にはナツメのスマホがこれ見よがしに飾られている。

「うへへ、すごいなぁ。こんなにブクマが付いたの初めてだよー。これも二人のおかげね。ありがとう」

ランキング効果は絶大で、更新するたびにブクマは増えていた。

ＰＶ数もうなぎ上りで先日の百倍近い数になっている。

「ナツメさんの頑張りが報われただけですよ」

「ちなみにランキングページは朝、昼、夜と三回更新されるみたい。そろそろ夜の更新だからここから更に上がるかもね」

「へぇぇ、じゃあそろそろ更新されるのかな？」

ナツメはそう言ってテーブルのゴミをまとめてゴミ箱に捨てると、早速スマホを開いてランキングページから自作を探す。

「あ、更新されてるわね。さっきは二百八十二位だったから、次は二百五十位くらいかしら」

スイスイと指を動かし画面をスクロールしていくが、百位まで探しても見当たらない。

「むむ、もしかして下がった？」

「ナツメ、これ」

ロイドがアルベルトのスマホを開いてナツメに見せる。

そこに表示されたナツメの作品は、ランキング百位どころか十七位まで上がっていた。


「えええええっ⁉」

ナツメは信じられないといった顔で、驚愕の声を上げる。


「十七位っ⁉　そんなに⁉」

「すごいじゃないですかナツメさん」

「凄い勢いでブクマ増えてるよ」


更新するたびに10とか二十とか、もりもりとブクマが増えていく。

あっという間にブクマ数は目標である千を超え、二千に迫ろうという勢いだった。


「待って！　待って待って待ってっ！　頭が追いつかないからっ！」

「ランキングが上がればその分多くの目に触れる。当然といえば当然ですね」

「この勢いなら一位まで行くんじゃない」

「どど、どうしよう。どうすべきかなっ⁉」

「とりあえず続きを書き進めるべきでは？」

「そ、そうよね。じゃあ続きを書こう。書くわ。書きますとも！」

ナツメは震える手で小説の続きを書き始める。

だが、完全に上の空なナツメを見て、アルベルトとロイドは顔を見合わせるのだった。

◇

その夜、ナツメはあまり眠れなかった。

二時間おきに目が覚めてはスマホをチェックし、増えたブクマを見てはほくそ笑んでいた。

結局アルベルトらと別れた後に執筆に取り掛かりはしたものの、集中出来ず殆ど書けなかった。

そして夜が明け、朝のランキングが更新された。

「日間一位……！」

ナツメの『ようこそ！　異世界モフりパークへ！』はついにランキング一位にまで昇り詰めたのである。

ブクマ数は三千を超えた今も、どんどん増え続けていた。

「いやーん、どうしようー」

寝不足にも拘らずナツメは上機嫌で笑う。

先日は殆ど書けなかったナツメが代わりに何をしていたかというと、ノベマスからの書籍化の流れについて調べていた。

それによるとどうやらランキングで一位を取った作品はかなりの確率で書籍化され、早ければ載って数日で出版社の目に留まり連絡が来るらしい。

「一万もブクマがある作品は8割くらい書籍化されている。この伸びなら来月には一万……いや二万もあり得るかも。てことはこの私もついにプロになれちゃう⁉　うふふふふ……なんだか夢みたいだわぁ」

ニヤケ顔で増えていくブクマを眺めるナツメ。

何年も夢見てきたプロ作家への道が今ようやく見えてきたのだ。浮き足立つのも無理はない話だった。

「どうやら出版社からの打診は運営からのメッセージで来るみたいねぇ。まだサイトに上げているのは十話くらいだけど、本一冊分のストックは十分にあるから。いつ送ってくれても良くってよ？　……なーんてね♪　さ、バイトに行こうっと」

鼻歌交じりに用意をし、ナツメはバイトに赴く。

——その後、今か今かと毎日運営からのメッセージを待ちながらも、日々更新を続けるナツメだったが、一万五千ブクマを超えた今も、書籍化の打診は来ないままであった。

◇

「茂上稲荷《もがみいなり》？　そりゃ知ってるわよ？　この辺りじゃ有名だもの」

ある日の休憩時間、アルベルトから発せられた言葉にナツメは頷く。

「日本三大稲荷の一つで、毎年正月には沢山の参拝客が訪れ、最寄りの国道は三が日はまともに機能しなくなる。本殿は山の中腹にあり、そこへは長い長い石の階段を三十分以上登らなければ辿り着かない――でしょ？」

「おお、そうです。詳しいですね」

「ま、地元って程じゃないけどそこそこ近いし、何より有名だからね。それで茂上稲荷がどうかしたの？」

「実はちょっと興味がありまして。良ければ案内して頂けませんか？」

「別に良いけど……しかし正月でもないのに行ってどうするの？　今は面白いものなんか何もないわよ？」

茂上稲荷では月に一度くらいは何らかの催しがあったりするが、基本的には大きな祭り以外ではあまり人は訪れない。

出店もないし、わざわざ足を運ぶ理由もないのだが。

「構いませんとも。別に観光目的というわけではありませんから」

「？」

不思議がるナツメにアルベルトは言葉を続ける。

「ここ茂上稲荷のある山はパワースポットとして有名なようでして。実は僕、そういうのに興味があるんですよ。そこで是非行ってみたいなと」

「パワースポットって……なんか女子みたいね」

「ええ、こちらに来てからハマったのですよ。色々回ってみたいと思っていますが、まずは近場ということで」

にこりと微笑むアルベルト。何か含みがある言い方だったが、人の好みにケチをつける趣味はないし、たまには遠出も悪くないと思った。

「ふーん、まぁいいけどさ。でもわざわざ私を誘わなくてもよかったんじゃ？　もうアルベルトは一人でどこでも行けるでしょう？」

「いえ、実は一つ不安なことがありまして……」

「？」

深刻な顔をするアルベルトを見て、ナツメは首を傾げるのだった。

◇

そうして迎えた次の休日、約束通りナツメは待ち合わせ場所である駅前の噴水広場にて佇《たたず》んでいた。

「おっそいなーアルベルト、何してるのかしら」

ちなみにアルベルトはバイトが終わり次第来ることになっている。

今は午後一時、駅までの移動を考えればもう少し時間がかかるかもしれない。

「ってかちょっと早く来すぎたかな……てかよくよく考えたらアルベルトに誘われるのは初めてかも。……なんか変な感じ。へへ」

なんて呟きながらもナツメは満更でもない顔をしていた。

ほんのちょっとだけ気合を入れた服を着て、軽くだがメイクもしている。

早く来ないかしら、と内心ぼやきながらそわそわと辺りを見回していた。

「あの――」

「んもう、待たせ過ぎじゃない？」

唇を尖《とが》らせながら振り向くナツメ。しかし目の前にいたのはアルベルトではなく見知らぬ男二人だった。

片方はチャラそうな男、もう一人は大柄のいかつい男、どちらもナツメが苦手なタイプであった。

男二人はニヤリと笑い、ナツメを囲むように立つ。

「こんにちはー、何してるのおねーさん。メチャクチャかわいいね」

「彼氏待ってた？　来るまででいいから俺たちとお話ししない？」

「げ」

ナンパだ。しかも勘違いして会話してしまった。

ナツメは内心で深くため息を吐いた後、スッと無表情になって顔を背ける。

「……あー、人違いです。お呼びでないから帰ってどうぞ」

「そんなこと言わずにさー。ちょっとだけでいいんだよ。俺ら暇で暇で死にそうなんだよー」

「いいカフェ知ってるんだよ。人助けだと思ってさぁ」

「しつこいなー。さっさとどっか行かないと、警察呼ぶわよ」

スマホを操作しようとするナツメに、男の手が迫る。

「そういう冷めることはやめてさー、仲良くしようぜ」

「ちょ、触らないで！」

男の手がスマホに触れようとしたその時である。

「あの――」

静かな声と共に、男の腕を細くしなやかな手が掴んだ。

アルベルトだ。柔らかな、しかしとても冷たい微笑を浮かべている。

「彼女に何か用ですか？」

その言葉には凄まじいまでの殺気が溢れており、男二人は思わずたじろぐ。

「な、何だテメ――⁉」

殴りつけるべく腕を振りかざすチャラそうな男の襟首を、大柄なほうが掴む。

一回り大きいその男の顔は青く染まり、全身に脂汗が滲んでいる。

アルベルトの迫力は以前凶暴化した動物と対峙《たいじ》した時以上だ。

普段と全く違うその様子にナツメも驚いていた。こんな顔も出来るのか、と。

大男もアルベルトとの力の差を感じ取ったような。

「……やめとけ。行くぞ」

「何するんスか先輩！　こんなヒョロい奴にビビることはねーっスよ。見てて下さい、俺がボコって――」

「いいから帰るぞォッ！」

大男はもう一人を掴んだまま、慌ててその場を後にする。

何度もスミマセンと言って頭を下げながら去っていく男たちを見送った後、ナツメは安堵の息を吐いた。

「ありがと、助かったわアルベルト」

「謝るのはこちらの方です。僕が遅くなったせいでナツメさんに怖い思いをさせてしまいました。うら若き女性をこんな所に待たせておいた僕の責任、詫びさせてください」

地面に膝を突き、首を垂れるアルベルトに通行人たちの視線が集まる。

「ちょ、ちょっと大げさよ。恥ずかしいからやめてってば！」

「しかし……」

「いーのっ！」

「ではせめて飲み物でも奢《おご》らせてください」

アルベルトが身体を起こすと同時に風が吹き、その金髪を撫でる。

キラキラと輝く金髪、爽やかな笑顔に更に衆目が集まるのだった。

◇

チリンチリンと鈴を鳴らし、カフェから出てくるアルベルトの顔は苦渋に歪んでいた。

「くっ、コーヒーたったの一杯が四百円もするとは……」

「無理しなくていいって言ったのにさー」

「いいえ、男に二言はありませんとも。……しかし痛い。エブリディなら五本は買えてポイントも付くのに……」

数十、数百円に拘《こだわ》るアルベルトを見て、ナツメはつくづく主夫だなぁと思った。

「ありがとありがと。美味しかったわよ。でもそろそろ稲荷へ行こうよ。駅に来たってことは電車で行くんでしょう？」

「ええ、早く行かねば遅くなってしまいます。……しかしここは人が多いですね」

エスカレーターを昇りながら行き交う人々へ視線を向けるアルベルト。

無理もない。普段は少し外れたところに住んでおり、そちらは平日の昼間は人通りが殆どないのだ。

しかしここは岡山の中心地、いつでもそれなりに人がいる。

「そういえばアルベルトは駅に来るのは初めてだっけ」

よくネットで大都会（笑）とか馬鹿にされがちだが、岡山駅周辺は中国地方ではトップクラスに栄えている。

そりゃまぁ広島や兵庫には及ばないが、イヨンもあるしタワマンだって結構建っているのだ。

暮らしていくには全くと言っていいほど不便はない。

「寮は駅とはかなり離れていますからね。それにここでは駐輪にもお金がかかりますし……」

「まぁねー。都会過ぎるのも考え物だわ。もう少し田舎の方が住みやすいよね」

「それもありますが、何より電車が——」

真剣な顔で呟くアルベルト。

そういえば先日、何か不安そうだったなと思い出す。

「もしかして、電車の乗り方が分からないから私を呼んだの？」

「……ええ、一応一通り調べはしましたが、公式ＨＰには初めての人は誰かについてきて貰おうと書かれていましたから」

「ぷっ」

アルベルトの言葉にナツメは噴き出す。恐らく子供用の乗り方などを調べたのだろう。

それを生真面目に守るアルベルトを微笑ましく思ったのだ。

「何かおかしいことを言いましたか？」

「あはは！　いやゴメンゴメン。そうよね。今までアルベルトの移動手段は自転車か徒歩だったし、電車に乗るのが初めてなら、それはついて行かなきゃだわ」

「よろしくお願いします」


丁寧に頭を下げるアルベルトとロイドと共にホームへのエスカレーターに乗り、券売機へ向かう。


「まずここの券売機で切符を買うのよ。上のボードに色々と駅名が書かれてあるでしょ？　あそこが最寄り駅で、その下に書いてるのがそこまでの値段ってわけ」

「百四十円を入れればいいのですね。……おお、切符が出てきた」

「ロイド君は子供料金で乗れるから、七十円を入れるよ」

「背が届かないだろうロイド、僕が入れてあげよう」

「ありがとうございます。アルベルト兄さん」


三人分の切符を購入し、一同は改札へ向かう。

ナツメが先頭に立ち、挿入口に切符を入れる。

「ここの穴に切符を入れて、通ればいいのよ」

「なるほど……うわっ、切符が飲み込まれた⁉」

「アルベルト兄さん、手が届かないです」

　若干慌ただしくも改札を抜け、ホームへ降りる。

「あの電光掲示板で次に来る電車の時間がわかるのよ。もうすぐ来るから待ってましょう」

「ふむ、この鉄の路がレールというやつですか。この上を電車が走るのでしょう？」

「あら、結構調べたのね」

「それはもう、色々と。仕組みや歴史、システムに至るまで念入りに調べましたとも。しかし電車というのはとても興味深い。大量の人間を乗せて長距離を移動できる乗り物。車というのも便利ですが、電車はそれを遥かに上回る利便性を持っている。全く本当に素晴らしい。我が国でも取り入れたいくらいです」

「我が国？」

「あぁいえ、なんでもありません」

　誤魔化すようにパタパタと手を振るアルベルトを見て、ナツメは首を傾げる。

アルベルトの国って電車がないのかな？　なんて考えながら。

「ピンポロロロン♪　まもなく電車が参ります。お客様は白線の内側までお下がりください」

「お、電車が来るわよ」

駅内放送が流れると、客たちは測ったように一列に並び始めた。

ナツメに促されるままアルベルトらもそれに続く。

そのすぐ後、ゴォォォォ、と唸りを上げながら電車が到着する。

「おお！　これはすごい。こんなに沢山の人がぎっちり乗っているぞロイド」

「えぇ、すごく面白いですねアルベルト兄さん」

二人は興奮した様子で電車をキョロキョロ見回している。

「（これだけの人間を乗せて速度を出せるとはとてつもない技術だ。しかし軽量化に加えて相当な高出力が必要だな。ゴーレム技術を応用して……いやその前に庶民が受け入れるには時間がかかるだろう。だが広がれば大陸が一気に狭くなる。そうすれば交易も盛んになり、国も一気に潤うはず……ふふふ、何とも素晴らしいことだな）」

「（大量の人間を乗せて移動する鉄塊、レールに術式を刻んで魔法陣を描くように走らせれば大量の人間の魔力でとんでもない大規模魔術が発動出来そうだ。上手く設計すれば永久回路にもなりそうだし、うーん、ワクワクしてきたぞ）」

「どうでもいいけど、早く入って」

何やらブツブツ言いながら目を輝かせるアルベルトとロイドを、ナツメは電車に押し込むのだった。

「わぁー！　この電車、すごい速さで走るぞ！」

「車内はかなり揺れるな。あの吊り輪《わ》、最初は何の為かと思ったが転倒防止というわけか。なるほどこれなら効率的に大量の人間を運搬可能。全く以てよく考えられている」

座席に座って喜ぶロイドの横で、アルベルトは車内を注意深く見回している。

「おーい、二人共。もうすぐ着くよー」

そうこう言っているうちに目的地に到着した。

普段は人の少ないこの駅で降りる人は殆どおらず、アルベルトら以外は老人が二、三人降りたのみだった。

「ほらほらすごいっしょ、あの大鳥居！」

「大きいですね」

「そだね」

ナツメが大鳥居を指差すが、二人の反応は電車に比べて全然薄い。

「ちょっとちょっとー！　ここを見に来たんじゃなかったのー⁉」

「まぁそうなんですが……」

「城に比べれば大したことないな」

全く興味なさそうである。どうやら二人にとってはただちょっと大きい建造物程度だった。

一体どういう暮らしをしていたのだとナツメは内心ツッコむのだった。

◇

大鳥居を抜けた三人が田舎道を進んでいくと、レトロな建物が見えてきた。

ここでは参拝客相手に商売すべく、様々な店が軒を連ねている。

たい焼き、お団子、ポップコーン、大判焼き、そばにうどんに焼きそば等々……とはいえ今は閑散期、開いている店もまばらだ。


「お、たい焼き売ってるよ。おじさん、三つ頂戴」

「アイヨッ！」

店の親父は威勢良く返事をし、たい焼きを三つ手渡してくる。

ナツメはそれをアルベルトとロイドに渡し、自分もかぶりついた。

「んー♪　甘ーい♪」

「わーい！　俺たい焼き大好き」

「ありがとうございます、ナツメさん」

三人はたい焼きに舌鼓を打ちながら、階段を登っていく。

「そういえば、最初に会った時もたい焼きを貰いましたね」

「ええ、なんかついこの間だった気がするわ」

アルベルトがこちらの世界に来て、かれこれ三ヵ月は経とうとしていた。

「最初はどうなるかと思ったけど、馴染んだものねぇ」

「ナツメさんのおかげですよ。本当に感謝しています」

「いいえ、これからもよろしくっ！」

「……！」

不意に、アルベルトは言葉を詰まらせる。

「どうかしたの？」

「いえ——」

咄嗟に笑顔を返して誤魔化す。

先刻、強烈な気配を感じた。とても嫌な感じだ。何かに見られているような……。

「？」

警戒を強めるアルベルトを見て、ナツメは首を傾げるのだった。


しばらく階段を登っていくと、大きな門が見えてくる。

そこを潜《くぐ》ると茂上稲荷本殿が姿を現す。


「ロイド、感じるか？」

「はい、ですがあの建物よりもっと上の方から強い魔力を感じます」

ロイドの言葉にアルベルトは頷く。

山全体に薄い魔力が漂っていたので分かりにくかったが、魔力溜まりがあるのはどうもあそこの本殿ではなさそうだ。

「もっと上――山頂付近だと思います」

「おお、流石だロイド。言われてみれば確かに山頂付近に何か感じる」

ロイドと二人でコソコソ話していると、ナツメが訝しむように見ているのに気づく。

「――今ここで山頂まで登る必要はないだろう。後でアリーゼを連れて三人で来ればいいさ」

「ですね。……いや、そろそろ帰ろうかと思って」

「来たばっかりですけど⁉」

ナツメがツッコむ。既に目的の下見を終えた二人はもうここに居る理由はない。しかしここまで一時間以上かかっているのだ。五分もせずに帰るなどナツメからしたらありえない話である。

「いやいや、折角だしちょっと参っていこうよ」

「ええー、神に興味はないんだけどなぁ……」

「パワースポットに来たのにっ⁉」

再度ナツメがツッコむのを見て、アルベルトは乾いた笑みを浮かべた。

「まぁ、そうですね。折角ですし」

「そうよね。私おかしくないよね⁉」

「やれやれ、仕方ないな」

ため息を吐くロイドを連れ、アルベルトらは本殿へと足を運ぶ。

ナツメの指示通り賽銭箱《さいせんばこ》に小銭を入れ、三人は手を合わせる。

「元の世界へ帰れますように。兄弟が無事でありますように……」

神に頼るアルベルトではないが、こういうのは気の持ちよう。決意の問題だ。

それくらいの気持ちで挑めば、何事も成せると信じていた。

横目でチラリと二人の様子を窺う。

「ロイドは……随分長いな。ひょっとしてこの世界ならではの面白い魔術が知れるよう祈っているのかもな。全く向上心の塊のような奴だ。ナツメは……うん、言うまでもなく小説家になれるように、だろう」

なにせすごく必死である。中々書籍化の打診とやらが来ないらしいが、あれ程頑張っているのだ。そのうち必ず報われるだろうとアルベルトは思う。

三者は三様の願いをして、本殿を離れる。

「随分と真剣に祈ってましたね」

「いやー、まぁ色々とね……あ、キツネ」

ナツメの指差す先、木の陰に居たのは一匹のキツネだった。

「うはぁ、見て見て二人共。キツネだよキツネ、こんな人が多い場所に降りてくるなんて珍しいんだから」

子供のようにはしゃぐナツメ。口元を緩めながらしゃがみこんだ。

「ナツメさん、野生のキツネに触れるのは……」

「わかってるわよぅ。ちょっと近くで見るだけだって。おーよしよし、可愛いねぇ」

「キュウ」

鳴き声を上げながらゆっくり近づいてくるキツネを見て、ナツメは慌てて立ち上がる。

「おっとと、ゴメンね。餌は持ってないのよ」

「キューン」

「ああっ！　撫でたい！　けどダメー！」

頭を抱えて葛藤するナツメだが、理性が勝ったのかキツネに背を向ける。

「野生動物に過度に関わるのは人と動物、両方にとって良くないっておじいちゃんによく聞かされていたもんね。動物を介して病気が伝わったり、餌を求めて人里に降りてきた動物が車に轢《ひ》かれたり、情が湧いてしまい狩れなくなったり……おじいちゃんも若い頃に色々やらかしたみたいだからなぁ……私も気を付けないと」

なおナツメの祖父はその全てをやらかしており、それなりに反省していたという余談も聞いていた。

「そういうわけだから、ゴメンねキツネちゃん。大人しく山に帰って――」

ナツメが言いかけた、その時である。

「……ナレ……メニ……」

声が聞こえた。

振り向くナツメの目に、全身の毛を逆立たせるキツネが映る。

その目からは、強い意志を持つかのような力強さが感じられた。

「ォォォォォォォォォォ！」

「きゃあああああっ⁉」

ナツメの悲鳴に二人が振り向く。

先刻までそこにいたはずのナツメは、キツネと共に姿を消していた。

「な……ナツメさん⁉　一体どこへ……」

辺りを見回すアルベルトだが、ナツメの姿はどこにもない。

木々のざわめきが不安を煽《あお》るように不気味な音を立てていた。

「あのキツネがいない……まさか追って行ったのでしょうか？　アルベルト兄さん」

「いや、それは考えにくい。あれを見るんだロイド」

草むらの影にナツメのスマホに付いていたストラップが落ちている。

つまりどこかへ姿を消したのだ。本人の意思に反して。

「魔力に当てられた動物は凶暴化する。しかもこれ程の魔力溜まりに生息していた動物は魔獣化している可能性もある……！」

強い魔力を浴び続けた動物は魔獣となり、凄まじい力を得る。

仮にあの狐が魔獣化しているとしたら人間の一人攫《さら》うくらい容易《たやす》いものだろう。

「思い返せばあのキツネ、普通の動物とは何か気配が違った気がする……む、見るんだロイド。この足跡、随分深くまで沈み込んでいるぞ」

「しかも途中から少しずつ大きくなっていますね。この大きさなら人間くらい咥えて持っていけそうだ」

「……ナツメさんが心配だ。急ごう」

アルベルトはそう呟くと、山奥へと踏み込むのだった。

◇

ぴちょん、ぴちょん、と聞こえてくる水の滴る音でナツメは目を覚ます。

ゆっくりと目を開けて身体を起こすと、そこはボロボロの屋内だった。

そこかしこから雨漏りがしており、辺りに漂う嫌な臭いにナツメは顔を顰《しか》める。

狭い屋内には畳敷きになっており、奥の壁には神棚のようなものが設置されていた。

「ここは……お社《やしろ》、の中……？」

神棚の反対にはそこかしこに穴の開いた障子戸があり、外の光が入ってきている。

ナツメはゆっくりとそこまで歩くと、戸に手をかけた。

その時、ぬうっと障子の穴から巨大な目玉が覗く。

「ひゃっ⁉」

驚きのあまり尻もちを搗《つ》くナツメの前で障子戸が開かれる。現れたのは二足歩行の巨大な獣だった。

頭はキツネのようであり、背は二メートルはあるだろうか。その目からは妖しいながらも意思を感じられる。

「おお、ようやく目が覚めたようだなぁ」

「な、何なのよアンタ……？」

「さっきのキツネさ。見ての通り普通の、とはいかねーがよ」

鋭い牙を見せて笑いながら、自称キツネはナツメに顔を近づける。

「俺様は古くよりこの山に存在する……そうだな、人間にも通りやすい呼び名で言うと妖《よう》狐《こ》ってやつだ」

——妖狐、日本や中国の妖怪で、様々な創作物にも出てくるキツネの妖《あやかし》である。

物書きの端くれ、かつ根っからのオタクであるナツメはそれをよく知っていた。

「妖狐って……うわぁ、こういう妖怪って本当にいたんだ、しかも喋れるのねぇ。へぇえ」

思わず小声でつぶやくナツメ。

恐怖もあるが、それ以上に強い好奇心を感じ、次々に疑問も湧いてくる。

「ねぇアンタ、何の目的で私をこんなところに連れてきたワケ？」

「へへ、オマエのことがどうにも気に入っちまってよ。この山へ来た時から見ていたが、どうにもたまらなくなっちまって、つい攫っちまったのさ」

「攫っ……ま、まさか私を食べるつもりじゃないでしょうね……？」

ごくりと唾を飲むナツメを見て、妖狐はギシシと笑った。

「違うって。その、なんだ。オマエを俺様の嫁にしようと思ってよ」

「嫁ぇ――――っ⁉」

突然の、あまりに意外な言葉にナツメは思わず大声を上げる。

「いやっ、ちょ……ありえないから！　いきなり嫁とかっ！」

「なんでだよ。いいじゃねーか」

「よくないっ！　大体私は人間よ。人間は人間、キツネはキツネ同士仲良くやるべきだと思うの！」

「ところがそうもいかねぇのよ」

妖狐はつまらなそうにため息を吐く。

「俺様は妖狐、それなりに長く生きた結果、人間の言葉を操れるようになった存在だ。しかし下手に知恵を付けちまったら、もう同族とは話が合わなくなってよ。そうなると同じくらい知性がある人間の方が良いってなるわけよ。分かるだろ？」

「むぅ、そ、そう言われるとそうかも……」

言われてみればこれだけ言葉を話せるなら普通のキツネとは別種の存在と言えるだろう。

ナツメとて、話が合わない相手と付き合うなんて御免だ。言葉も分からないなら尚更である。

「で、でもなんで私よ？　他にも女の人は沢山いたでしょう？」

「そりゃ、おめェ……一目惚《ひとめぼ》れって奴さ。オマエのそのニオイっつーか、雰囲気にやられちまったんだよ」

妖狐は照れ臭そうに頰を掻く。

「髪はふわっとしていい匂いがして、顔立ちも整ってる。ちょっと切れ長の目もチャーミングだし、なんつーかファッションセンス？　みてーなのもあると思うぜ。笑い方だって明るくて聞いてるだけで気分が良くなる良い声だ。——それにこんな俺様を見ても怖がらねぇ女なんて、今まで見たことがないのさ。そんな優しくて美しい女に惹かれるのは当然のことだ」

「え、えー……？」

あまりにもストレートな褒め言葉にナツメは僅かに頰を赤らめる。

ナツメもうら若き乙女。相手が妖怪とはいえ、こうも世辞を並べられると悪い気はしなかった。

気づけばナツメの顔は緩み、口調からも緊張感は消えていた。

「いやいや、そういうの誰にでも言ってるんじゃない？　結局私じゃなくてもいいんでしょ」

「んなことねーよ。アンタ程の女は他にいねぇ」

「えぇー、そんなことないってば。勘弁してよもうー」

くねくねしながら左右に手を振るナツメ。割と満更でもない顔である。

「俺様の嫁になれ」

「んー、でも流石にキツネさんはなぁー」

「なれよ。なぁ」

「いやー、種族違いの恋ってのは創作的にはいいんだけどねぇー」

動物好きのナツメだ。動物と言葉を交わすという行為に多少なりともテンションが上がっていた。

流石に嫁は無理にしても話し相手としては悪くないし、何より女としてそこまで熱烈に求められたのは初めての経験である。気づけばかなりいい気分になっていた。

——だが気を良くするナツメと裏腹に、妖狐は肩を震わせ始める。

「いきなり結婚はちょっと段階飛ばしすぎっていうか……ホラ、友達とかなら、まぁ私的にもハードルが低いっていうか……」

「うるせェェエ——ッ！　いいから黙って俺様のモノになりやがれッッッ！」

突如、妖狐は咆哮した。

全身を震わせながら、牙を剝き出しにしてナツメを睨み付ける。

その身体は先程より二回りは大きくなっており、社の床はギシギシと軋《きし》みを上げていた。

妖狐は呼吸を荒らげながらナツメに近づく。

「きゃあっ！　い、いきなり大声出さないでよっ！」

「やっぱよォー口説くなんてガラじゃねーわ。男は黙ってちからずくだよなァ」

一歩、また一歩と近づく妖狐。

その変化にナツメは思わず後ずさる。

と、バキッ、と床の脆《もろ》くなった部分を踏み抜いた。そこから見えるのは大量の白骨だった。

「な……ほ、骨っ⁉　あ、アンタ……この骨はまさか……⁉」

「ハッ、俺様に逆らった馬鹿共さ。当然の報いだぜ」

下卑た笑みを浮かべる妖狐。その残虐な相貌に、ナツメは自身の迂闊《うかつ》さを悔いる。

つまりこういうことだ。好みの女を攫ってきては求婚し、断られれば——殺す。

「なんて野蛮な……！」

「まぁこちとら獣だからな？」

妖狐の言葉に、やはり人と獣は相容れないのだとナツメは痛感した。

さっきまでの自分の愚かさを心底悔いた。

「これが最後だ。俺様の嫁になれ」

妖狐はそう言って、毛むくじゃらで鋭い爪の生えた手を差し出す。

爪一本がナツメの手ほどの大きさだ。

少し力を入れて抓《つま》まれるだけで、腕ごと持っていかれそうな異形の手に、ナツメの脚は無意識に震えていた。

だが、しかしナツメはその手を思い切り叩き、払いのける。

「いやよ！　アンタみたいな外道とは友達にだってなれないわ」

声を、全身を恐怖に震わせながらも妖狐を睨み付けるナツメ。

如何に美辞麗句を並べられようと、人を殺して食うような輩とどうにかなるつもりなどあるはずもない。

だが断られた妖狐はこめかみに太い青筋を浮かべた。

「……そうかい。優しく言ってりゃ付け上がりやがって、このクソアマがよぉ……」

怒りで妖狐の目は真っ赤に血走っており、歯軋《はぎし》りのあまり牙の一本が砕ける。

先刻よりも一層強い圧力が辺りを包む。それでも毅然《きぜん》と立つナツメへと、巨腕を振り上げた。

あぁ、私はこれから死ぬんだ。小説家になりたかったなぁ。

ランキングには載れたけど、まだまだ書きたいことはあったなぁ。……死にたくないなぁ。

涙が、零れる。

「――ぶっ殺すッ！」

鋭い爪がナツメを引き裂こうとした、その刹那。

「ナツメさん！」

一陣の風と共に現れたのはアルベルトだ。

爪の一撃を枝一本で受け止められた妖狐は驚き目を見開く。

「……何モンだ？　テメェはよ」

「獣に名乗る名は――ない」

アルベルトの言葉にナツメは声にならない声を上げた。

◇

枝を絡ませたまま、アルベルトは一瞬脱力する。

そして一気に加速し重心をずらすと、妖狐の身体がガクンと傾いた。

「うおおっ⁉」

そのまま前方に倒れる妖狐。恐怖に目を瞑《つぶ》るナツメを抱きかかえ、アルベルトは社を飛び出す。

「きゃあああああっ⁉」

ずずん！　と地響きが鳴るのと二人が着地したのは同時だった。

ナツメが振り向くと社は土煙を上げて崩れ落ちていた。

パラパラと降り注ぐ木片を背に受けながら、アルベルトが微笑む。

「ふぅ、どうやら何とか無事だったようですね」

「アルベルトぉ……」

安堵のあまりナツメの目が涙で滲む。それをゴシゴシと袖で拭い、心を落ち着かせるべく深呼吸をした。

「……ありがと。助けに来てくれたのね。ロイド君は？」

「急いでいたので置いてきました。……どうも危なそうでしたからね」

正解だとナツメは思う。なにせ相手は正真正銘の化け物だ。

バキバキと社を崩しながら、妖狐は起き上がってくる。

頭上の瓦礫《がれき》を首を振って払うが、ダメージは全くなさそうだ。

「あいつは妖狐――私も物語でしか知らないような妖怪よ。さっきは運よく転んでくれたけど、とても人間が敵う相手じゃないわ。すぐに逃げましょう！」

以前木の枝一本で多数の動物を撃退したのはナツメも見ていたが、今回は状況が違う。

相手は妖怪。凄まじい巨体だけでも脅威なのに、言葉まで操るのだ。

創作物よろしく、不可思議な術を使ってもおかしくはない。

だがアルベルトは動かない。

「そうさせてくれればよいのですが」

「……させるわけねぇだろ。このボケが！」

――違う。動けないのだ。自分がいるから。

怒りに満ちた声を上げながら、妖狐はアルベルトの方を向き直る。

妖狐の巨体は更に大きくなっており、全身から凄まじい殺気を発している。

アルベルトはナツメを下ろすと、その前に立ち塞がった。

その背中にナツメは、以前虎を前にしたアルベルトが自分たちを逃がそうとした時のことを思い出していた。

「……まさかアルベルト、また自分が食い止めるから逃げろとか言うつもりじゃないでしょうね!? 無茶よ！　相手はあの時の虎より大きいのよ!?」

しかしナツメの言葉にアルベルトはあくまで冷静に返す。

「いいえ逆です。ナツメさん、あまり僕から離れないでください」

「それって……」

「あの時は不覚を取りましたが、今の僕は万全。この程度の相手に後れは取りませんよ」

アルベルトから発せられたのは、木の枝を手にしているとは思えないような頼もしい言葉だった。

妖狐は怒りのあまりか、歪んだ笑みを浮かべている。

「ククッ……コケにしてくれるじゃねぇかよ。だが俺様を馬鹿にする奴は誰であろうと許さねぇ……ズタズタに引き千切ってバラ撒いてやるぜ！」

大地を蹴る妖狐、高速で迫り来る暴力の塊にアルベルトはあくまで静かに木の枝を向ける。

交錯の刹那、アルベルトの姿が消える。消えたように見える程の速度で動いているのだ。ナツメの目に時々残像が映る。

ギギン！　と鋭い音が辺りに響き、妖狐の攻撃は止まる。

「す、すご……！」

アルベルトの動きは以前よりも遥かに鋭い。

だがそれでも妖狐には傷一つ付いていなかった。

「ほう、そんな木の枝で俺様の攻撃を弾くとは大したもんだぜ。しかし完全には止め切れねぇようだが？」

妖狐がニヤリと笑うと、アルベルトの持っている枝が割れて、落ちる。

「ンな木の枝でいつまで俺様の攻撃を耐えられるかな⁉」

高速で繰り出される連撃を枝で叩き落とすたび、破片が飛び散り、削られていく。

「そらそらそら！　どんどん枝が細くなっていくぜぇ⁉」

舞い散る木片が辺りに落ちていく。

いつの間にか枝は風でたわむ程の細さになり、アルベルトの手元で頼りなく揺れていた。

「へぇ、そんな細枝で俺様の攻撃を防ぐとはマジで驚いたぜ。相当な使い手のようだが、幾らなんでもその一本じゃあ流石に足りねぇだろ。ま、この辺りには枝は幾らでも落ちてるし、好きなだけ得物を取り換えるといいさ。全部へし折ってやるだけだがな」

「――不要ですよ」

アルベルトは枝を構えたまま、首を横に振る。

「貴様の相手をするにはこの一本で十分だ」

挑発するようなアルベルトの言葉に妖狐は青筋を浮かべた。

「どこまでもコケにしてくれやがる。……だったらやって貰おうじゃねぇかよォォォ！」

咆哮と共に突っ込んでくる妖狐。相対するアルベルトはやや前傾姿勢となって静かに息を吐く。

「ラングリス流小剣術──流水狼陣《ろうじん》」

流れる水のような緩やかな動きで攻撃を受け流した直後、目にも留まらぬ速度で打ち込まれる突きの連打。

妖狐の肩、首、胴、脚……貫かれた数ヵ所から血が吹き出し、その巨体がよろめき──倒れた。

すぐに起き上がろうとする妖狐だが、身体が動かせないようである。

「ぐっ……身体が、動かねぇだと……？」

「両手足へ繋がる経絡秘孔《けいらくひこう》を貫いた。しばらくは身体を動かせませんよ」

小剣術の真価は局所への攻撃にある。身体の急所を学ぶことでその攻撃力は何倍にも増す。

細い剣をしならせることで繰り出される突き、まるでフェンシングのような鋭い動きを見てナツメは気づく。

「……はっ、もしかしてわざと木の枝を削らせてあの細い刀身を作らせたの⁉」

「ええ、元の枝のままではしなりを使えず、あれ程の連撃は不可能。まともな武器が必要でした」

アルベルトはナツメの問いに頷く。

「相手は謎の存在、一度に全ての秘孔を貫いて動きを止めねば、何が起きるか分かったものではありませんから。故に一瞬で戦闘不能にすべく、その為の武器を即席で作り上げたのですよ」

その言葉にナツメは驚き、呆れる。

「手にした枝を、妖狐の爪を使って、攻撃をいなしながら……？　一体どんな技術なのよ

「……」

「器用さが僕の取り柄ですから」

「いやいや、器用ってレベルじゃないから！」

いつの間にか恐怖を忘れ、ナツメはいつものようにツッコむ。

アルベルトもまたいつものように爽やかに笑うのだった。

◇

「さて、トドメを刺すとしましょうか」

アルベルトが手にした木小剣《ウッドソード》が太陽光を反射して鈍く輝く。

木の枝とはいえ、先刻のように秘孔を貫けばあの妖狐といえど死に至らしめるのは可能だろう。

アルベルトの言葉は脅しではない。それを肌で感じたのか、妖狐は慌てて手を振る。

「ま、待ってくれ！　命だけは助けてくれ！　下さい！」

「あの白骨たちも君と同様、命乞いをしたんじゃあないのか？　ならば君の命だけを助けてやるわけにはいかないな」

「いやっ！　いやいや、そりゃ勘違いってモンですぜ旦那！　話を聞いてくだせぇ」

いきなり態度を変えて謙《へりくだ》る妖狐の言葉にアルベルトが手を止める。

「下らない言い訳をすれば即座にトドメを刺す」

「言い訳じゃねぇですって！　……いやね。あの白骨たちは自分が食ったもんじゃないんですよ」

「嘘よっ！　さっきは自分でそう言ってたじゃない！」

「いやぁお嬢さん、あれはつい口が滑っただけでして……まぁよく見て下さいな。ホレこの通り」

妖狐が拾い上げた骨をよく見てみると、どれもこれも動物のものばかりであった。

「ホントだ。猪とか犬猫の骨ばっかりね」

「へへへ、ちょっと脅かそうと思っただけでして……見ての通り自分が取って食った獣ばかりでさ。人を殺すなんてありえねぇですぜ」

誤魔化すように頭を掻く妖狐に、しかしナツメはツッコむ。

「でもアンタ、何百年も生きてる妖狐なんでしょ？　今まで人を食べたことがないって逆に不自然じゃない？」

「うむ、そもそも先刻ナツメさんを食べようとしていたわけですし、過去に人を食らっているると思う方が自然です。やはり人を騙そうとするような邪悪な獣は駆除せねばなるまい」

「うぐっ、そ、それは……」

口籠もる妖狐に二人は詰め寄る。

その時ガサガサと音がした。

「ふう、やっと追いついた」

疲れた声と共に現れたのはロイドだ。しかも出てきたその場所は丁度妖狐の背後。それを見た全員が固まる。

「離れてロイド君っ！」

「ロイドぉっ！」

アルベルトとナツメが即座に駆け出した。

「――――！」

それよりも速く、妖狐は動く。

振り上げた腕が凄まじいまでの速度で、ロイド目掛けて迫る。

間に合わない。ナツメが目を閉じた瞬間、聞こえてきたのは何かが地面に倒れるような音だった。

「……？」

恐る恐る目を開けるナツメの前には、ロイドに平伏《ひれふ》す妖狐の姿があった。

それを目の前にして、アルベルトとナツメは状況を理解できずに立ち尽くす。

「おおっ、これは我が主ロイド様ではありやせんか！　お久しぶりでございやす！」

突然の言葉に驚いたような顔のロイド。

だがすぐ思い出したように、あぁと頷く。

「お前……もしかしてあの時の？」

「へいっ、命を助けて頂いたキツネでございやす！」

どうやら二人は知り合いのようで、ナツメとアルベルトは互いに顔を見合わせた。

◇

「随分大きくなったな。驚いたぞ」

「へいっ、おかげさまで……しかしまさかこちらのお二人がロイド様のお知り合いとは思いやせんでした。どういうご関係で？」

「兄さんと世話になってる人だ。お前は何をしてたんだ？」

「いやぁ恥ずかしながら、また調子をこいちまいやして、成敗される直前なんです。良ければ口添えなどして頂ければ有難いんですが……へへへ」

二人は何やら会話を始める。

一体何が起きているのかわからないナツメとアルベルトは、ただ呆然とその光景を眺めていた。

「ロイド、説明してくれるか？」

「えぇ、もちろんですとも」

請われるがまま、ロイドは二人に説明を始める。

「一週間くらい前だったかな。ある日、一人で散歩をしていた俺は道端に倒れ伏す一匹のキツネを見つけたんだ。どうやら車に轢かれたようで今にも死にそうだったから……その、治療をしてあげたんだ」

説明の最中、ロイドは急に目を泳がせる。

「そうしたらいきなり大きくなって喋り始めたと？」

「うんうん、いきなりで本当に驚いたよ」

「いやいやそんな日本昔話じゃないんだから。……ロイド君、何か誤魔化してない？」

「そんなことないってばー……はは、ははは」

あからさまに怪しいロイド。しかしアルベルトは何か思い当たることがあるのか、納得した様子である。

「ふむ——恐らく蓄えていた魔力で治癒魔術を施したのだろう。ロイドは優しい子だからな。そしてその魔力を受けたキツネがこうして知性を得た。動物に魔力を注ぎすぎると魔獣化するが、特にこの世界の動物は魔力への耐性がなく強い影響を受けやすい。この妖狐が人間並の知性を持つ可能性は十分にある。恩を感じた妖狐がロイドを主と呼ぶようになった——そうだなロイド？」

「はい、流石はアルベルト兄さんです。以前魔力溜まりで得たなけなしの魔力を使ったんです。あはは……」

こっそりと耳打ちするアルベルトに、ロイドは頷いて答える。

「なるほど。優しいなロイドは。……だが普通に魔獣化しただけでは言葉を操るまでにはならないだろう。もしやロイドの魔力が強すぎた為に身体の構造まで変化、ただの魔獣とは言えない程になってしまったとか？」

じー、とロイドを見つめるアルベルト。誤魔化すように下手な口笛をひゅーひゅーと吹いている。

「……ま、そんなはずないか」

しばしそうしていたかと思うと、アルベルトはぽんとロイドの頭を撫でた。

「それにこいつが真に邪悪なら、治療に恩も感じず襲い掛かってくるだろう。そうなればいくらロイドでも魔力なしでは戦えない。まさかグーパン一発で黙らせて山に帰らせた、なんてことはないはずだし。それなりには話の通じる奴なのだろうな」

「あははは……そ、そうですよーアルベルト兄さん。……あは、あはは……」

「そ、そうっすよー。へへ、へへへ……とまぁそんな具合で、自分がこうなったのは一週間前でして。まだキツネだった頃の感覚が抜けてなかったんすよ。人を食うなんてとてもとても……」

「ふむ、そういうことなら納得してもいいかもな」

木小剣を下げるアルベルト。しかしまだ疑いは晴れてはいない。

「しかしこれからそうならないとは限らない。やはり生かしておくのは危険だろう」

「わーーっ！　反省してます！　出来心だったんです！　なのでこの通り！　勘弁してくだせぇっ！」

妖狐は慌てて土下座し、地面に何度も頭をこすりつける。

その様子をしばし見下ろした後、アルベルトはナツメへ視線を送る。

ナツメは苦笑して、妖狐の前にしゃがみ込む。

「……わかった。許すわ。出来心ってことにしてあげる」

「ほ、本当ですかい……？」

「うん、正直言って本当に怖かったし、許せない気持ちはあるけど……誰にでも出来心はあるものね。そこまで人の心を持ちながら山で一人暮らしてたら、そりゃ寂しくもなるよ。だから寂しくなったら山を下りてきて。お話しでもしましょう？　時々なら付き合うわ」

「お、おお……なんという優しさ。まさに天使……！」

感涙にむせび泣く妖狐を、ナツメはじっと見つめる。

「そりゃもう言葉を操る動物なんて、とっても珍しいもの。危険ではあるけどその独自の観点はきっと私の小説にも生かせるはず。沢山話を聞けばきっとすごいアイデアも出てくるに違いないわ。ふふふ……」

ブツブツ呟きながら、ナツメは口元に笑みを浮かべる。

「……って私ってば、なんか染まってきたなぁ。アルベルトたちが来てからというもの、非現実的なことがよく起こるわ。おかげで慣れてきたけどね」

「申し訳ありません。ナツメさん」

「ううん、楽しいからよし！　それにこれもまた創作の糧よね。うんうん」

納得したように頷くナツメの顔は、どこか晴れ晴れしていた。

◇

ともあれ妖狐はもう二度と人を襲わないのを条件に、見逃して貰えることとなった。

「約束を違《たが》えたら――わかっているな？」

「へいっ！　そりゃもう！　いやぁ自分も本来は草食系ってヤツでして……へへへ」

鋭い目で睨まれ、妖狐は遜《へりくだ》ってペコペコ頭を下げる。

アルベルトはため息を吐いた後、木小剣を収めた。


「たまには会いに来なさいよねー」

「その時は僕も同席しましょう」

先刻からナツメの横にぴったりと付くアルベルトを見て、妖狐はニヤニヤと笑う。

「……へへっ、しかしお似合いの二人ですなぁ」

疑問符を浮かべる二人に、妖狐は続ける。

「とぼけなくってもいいですぜ。アレでしょ？　二人は付き合ってるんでしょう？」

「はあああっ⁉　な、何言ってるのよアンタはっ！」

突然の言葉に驚くナツメ。慌てるあまりその声は裏返っていた。

「へぇ？　別に不思議なことはねぇでしょう。好き合っているからこそ、アルベルトの旦那は危機に瀕《ひん》したナツメ嬢さんを助けてくれたんでしょうが。じゃねぇと命を懸ける理由がねぇっすよ」

「そそ、そんなコトないでしょ。アルベルトはみんなに優しいもの。私を助けたのもその一環だってば！」

「いやいや、優しさだけでここまで来ねぇっすよ。愛されてますねぇ。このこのー」

妖狐はカラカラと笑いながら、ナツメの言葉を否定していく。

そしてアルベルトを見て、ぱちんとウインクをした。

「へへ、だったらアルベルトの旦那に聞いてみればいいっすよ」

「え……」

いきなり話を振られ、アルベルトは固まる。

「ズバリ聞きやす。ナツメさんとはどういう関係なんで？」

「……」

アルベルトは自分がモテることをよく知っている。

下手に誤解させるような受け答えをしたせいで関係がこじれ、何人もの女性の友人を失ってきたアルベルトにとってその類いの質問に安易に頷くのは非常に危険なのだ。

しかしナツメにはここへ来てからというもの、相当世話になっている。

こんな場面でただの友人と答えるのはあまりに誠実さに欠けている気がした。

「彼女にとって僕は――」

「僕は？」

ナツメもまた、どこか期待したような目である。

しばし溜めた後、アルベルトはぎこちない笑みと共に答える。

「王子――そう、王子のような存在でありたい、といった所ですかね。は、はは……」

苦しげに笑うアルベルト。懸命にひねり出した答えに妖狐は首を傾げる。

「……なんすかそれ」

「何でもいいだろう」

アルベルトが睨みつけると、妖狐はヒッと悲鳴を漏らしそれ以上の追及を辞めた。

誤魔化せただろうか、そう思ったアルベルトが視線を向けると、当の本人であるナツメはポカンとした顔をしている。

しばしそうしていたかと思うと、プッと噴き出した。

「あははははっ！　もうアルベルトったらキメすぎだよ。王子って、もー、笑わすんだから一」

「えぇと……そうですか？」

「絶対そうだって！　ぷふふっ」

どうやらツボに入ったようで、ナツメは思い出しては何度も噴き出している。

ともあれどうにか誤魔化せたようで、安堵の息を吐くアルベルト。

「でも、ありがとね」

アルベルトの顔を覗き込み、ナツメは笑顔を向ける。

柔らかく、嫋《たお》やかで、眩《くら》むほどの眩しい笑顔。

そんな不意打ちにアルベルトは思わず息を呑《の》んだ。

「ロイド様、やっぱりこの二人、怪しくねーですかい？」

「どうでもいいよ」

コソコソと耳打ちをする妖狐だが、ロイドは興味なさげに呟くのだった。

◇

――後日、妖狐の案内で茂上稲荷を捜索したアルベルトたちだが、使える魔力溜まりは見つからなかった。

魔力の気配がするのはどうやら魔力溜まりがあった場所に長い年月をかけて土が積もって、山になったからのようだ。

それだけの魔力があれば元の世界に帰還できたかもしれないが、幾らなんでも山を吹き飛ばす訳にもいかず、その方法もないので今回は諦めたのである。

その翌日、コンコン、コンコンと窓ガラスを叩く音でアルベルトは目を覚ます。

起き上がってカーテンを開けると、そこにいたのは一匹の狐だった。

アルベルトがそれに気づくと狐はニッと笑った。

「お前……まさか先日の妖狐か？」

「えぇ、流石にあの姿じゃ目立つんで、小狐に化けてきやしたがね。……っておおっ！ロイド様もおはようございやす！」

話し声で目を開けるロイドだが、妖狐をチラッと見るとすぐに興味を無くしたようで布団を被った。

あまりのショックにあんぐりと口を開く妖狐だが、すぐに気を取り直すべく咳払いをする。

「うおほん！　……いえ、まずは先日のアレコレで迷惑をかけたお詫びとして、野山を駆け回り野菜などを手に入れてきた所存でして……どうかお納め頂けますかい？」

ずいっと差し出された大根、ニンジンなどの野菜を見て、アルベルトはうーんと唸る。

「……この野菜、農家さんから盗んできたものだろう。やはり処分すべきだったかな」

「ままま、待ってくだせぇ！　こりゃ山に自生してたやつでさ。嘘じゃねぇですって！　ほらよく見て。形が悪いし、ちっちゃいでしょう？」

「なるほど、そういえば以前、山に野菜が自生していたのを見たことがあるな。ふむ、まぁ倫理面は問題ないとしても……衛生面的にはどうなんだ？　野菜はともかく、君の方だ。野生動物は病原菌の塊というだろう？　ロイドが妙な病気になったら困るじゃないか」

「失礼な！　自分はもはやただの野良狐ではねぇですぜ。毎日誰もいねぇ温泉に入ってちゃあんと清潔にしてるし、変なモンも口に入れてねぇから病気なんて持ってねぇですよ！」

「そういえばあそこには温泉があったなぁ」

魔力溜まりを探す道中、温泉があったのをアルベルトは思い出した。

確かあれは銭湯というもので、野外に露天温泉とやらがあるらしい。野生の動物が入ることが出来てもおかしくないか、と考える。

「なら多少は安心だな。軽く消毒するだけで食べられるだろう」

「結局消毒はするんすね⁉」

冷静にアルコールスプレーを取り出し、野菜を消毒するアルベルト。

アルベルトからすれば、愛するロイドの健やかな成長と野良キツネへの気遣いなど、天秤《てんびん》にかける必要もなかった。

「それでもまぁ、礼は言おう。えぇっと……そういえば名を聞いてないいな」

「では伝説の妖狐にちなんで、九尾の狐、玉藻の前《たまものまえ》とでも呼んでくだせぇ」

誇らしげに胸を張る妖狐。アルベルトはしばし考えた後、ふむと頷く。

「……長いな。タマモでいいか？」

「おおっ、流石はアルベルトの旦那！　シンプルかつ美しい名、素晴らしいセンスですぜ！」

「ではこれからもよろしく頼むよタマモ。よかったら油揚げ食べるかい？」

「うおおおおっ！　実は大好物なんでさ！　貰っていいんですかい⁉」

「構わないとも」

冷蔵庫から取り出した油揚げを与えると、タマモはバクバクと食らいつく。

賞味期限が切れててどうしようかと思っていたところだ。

ロイドにそんな怪しい物を食べさせるわけにはいかないだろう。

タマモを冷たく見下ろしながらアルベルトは考える。

内政に携わる身として、アルベルトはこういうおべんちゃらを並べるタイプを全く信用していない。

だがこの手の太鼓持ちは己に利がある間だけは裏切ることはない。味方の少ない現状では上手く使えば利用価値はある、か——と。

「これから魔力溜まりを探すにはタマモのような野生動物の協力が必要となる時も来るだろう。これもまたロイドたちとサルーム王国へ帰還する為だ。使えるものなら何でも利用するさ……！」

決意に満ちた目で空を見上げるアルベルト。その時、隣のベランダから扉を開ける音がした。

仕切りの隙間からナツメがヒョコッと顔を出す。

「おはよーアルベルト！」

「おはようございますナツメさん。今朝は早いですね」

「うん、先日色々あったからね。小説のアイデアがどんどん湧いてくるのよ」

「それは良いことですね」


そう言ってアルベルトはどこか憂いを帯びた目で言う。

アルベルトにとってはナツメもまた、タマモと同様利用するだけの存在だ。

にも拘らず彼女は自分に屈託のない表情を向けてくる。

謀略渦巻く政治の世界において、自らを騙そうとする大人たちを様々な手練手管で操ってきたアルベルトだが、純粋な親切心で接してくるナツメに対しては心を痛めていた。

顔を顰めるアルベルトを見てナツメは少し沈黙した後、呟いた。


「なんかさ、アルベルトって私たちに気を遣ってない？」

「え……？」

「遠慮してるっていうか、距離を置いてるっていうか……いつか別れる相手なんだし、親しくなりすぎないようにしている、みたいな」

「そ、そんな、ことは……」

狼狽《ろうばい》するアルベルトにナツメは言葉を続ける。

「なーんて、実は私もそうだったからわかるんだけどねー。バイトや学校に行ってた時とか、どうせ数ヵ月、数年しか一緒にいないんだし、仲良くする必要なんかないじゃん、それより自分のやりたい事をやろう。って考えて周りと壁を作っていてたの。それでイジメられた事もあったっけ。舐められないように地味な格好だって止《や》めたわ。今思えば拗《こじ》れてたわねー私ってば」

外部を拒絶する者は逆に排される。

敏感な子供たちの間なら尚更だろう。

「……でもさ、それじゃつまんないよね。つまんない奴に面白い作品は作れない。もっと生きることを楽しまなきゃって思ったの。アルベルトもさ、別れる時の事なんて考えて遠慮するのは止めて限られた時間を思う存分楽しもうよ！」

「ナツメさん……」

「大丈夫、ウチのバイトはキツいから離職率高いし、私もお別れには慣れているわっ！」

びしっと親指を立てるナツメを見て、アルベルトは噴き出した。

「……ふっ」

「あ、何で笑うワケ⁉」

「いえいえ、なんでもありませんとも」

ナツメの言う通り、アルベルトは周りと壁を作っていた。

この世界の人間はあくまでもロイドたちを守る為に利用している、それだけの関係だ。

必要最小限以上仲良くする必要はない——そう思っていた。

いつかいなくなる自分たちと仲良くしすぎたら、別れの時に相手が辛い気持ちになるのではないか、と。

「だが永遠の別れはいつだって唐突に訪れてきた。戦争、病、事故、寿命……そして今回のような異世界転移。にも拘らず離別の時を考え心を縛られるとは……ふふっ、何だ僕も案外不器用なところがあるじゃないか」

器用が取り柄と思っていたが、なんという皮肉だろうか。

そう考えると思わず笑いが零れていた。

「……アルベルト？」

「すみません。そしてナツメさんの言う通りです。確かに僕は皆に遠慮していたかもしれません。よくないですね。こういうのは」

「でしょー？　アルベルトもこれからはもっと砕けた感じで話せばいいのよ？」

「いえ、僕はこちらの方が落ち着くので」

ぴしゃりと断られ、ナツメは一瞬目を丸くした。

その遠慮のない言い方に嬉しそうに口元を緩める。

「……調子出てきたじゃないの」

「かもしれません。……ふっ」

「くくっ……あははははっ」

ベランダ越しに二人は笑う。

雲一つない高い空の下、しばし笑い声が響き合っていた。

あとがき

現代転移の第二王子、読んでくださりありがとうございます。謙虚《けんきょ》なサークルです。
今作は第七王子のスピンオフということで、まぁ読んでくださった方は大体本編の読者様なのかなと思っております。

いつもは本編のあとがきに書くことがなくて困るんですが、今回は結構あるんですよね。

まず最初に書かなければならないと思ったことがあります。

それは……「卵一パック78円て安すぎないか⁉」ということ！

今では信じられないですが、これを書いた三年くらい前はこのくらいの値段だったんですよ本当に。

しかし昨今の値上げやらなんやらで、気づけば今の最安値は156円に……正直改稿するかしないか、すごく悩みました。

でもそんなこと言ってたらキリがないので、もうこのままいくことにしたんです。この頃は卵一パック78円だったんだなぁ、と思い出せるようにね。

まぁあとはわかる人にはわかるかもしれないんですが、これって岡山が舞台なんですよ。

イメージ的には岡山市の中心から少し外れた辺りでしょうか。

具体的なモデルがある場所もあったりするんで、その辺に気づいたらニヤリとするかもしれません。

なんか地元ネタばかりで申し訳ないですが、結構書いてて楽しかったです。

それではまたどこかでお会いしましょう。

講談社ラノベ文庫

現代《げんだい》転移《てんい》の第二《だいに》王子《おうじ》

謙虚《けんきょ》なサークル

2024年3月29日第1刷発行

発行者	森田浩章
発行所	株式会社　講談社 〒112-8001 東京都文京区音羽2-12-21
電話	出版　(03)5395-3715 販売　(03)5395-3605 業務　(03)5395-3603
デザイン	AFTERGLOW
本文データ制作	講談社デジタル製作
印刷所	株式会社ＫＰＳプロダクツ
製本所	株式会社フォーネット社

KODANSHA

ISBN978-4-06-534741-6　N.D.C.913　295p　15㎝
定価はカバーに表示してあります

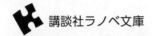